아빠 그렇게 키워선

안 됩니다

아빠, **그렇게 키워선 안 됩니다**

초판 1쇄 • 2014년 8월 15일

지은이 • 이시형
펴낸이 • 안대현
편 집 • 박영임
디자인 • 디자인스튜디오 203 대전
펴낸곳 • 도서출판 풀잎
등 록 • 제2-4858호
주 소 • 서울시 중구 필동로8길 61-16
전 화 • 02-2274-5445/6
팩 스 • 02-2268-3773

ISBN 979-11-85186-11-5 03800
값 12,000원

• 이 도서의 국립중앙도서관 출판예정도서목록(CIP)은 서지정보유통지원시스템 홈페이지(http://seoji.nl.go.kr)와
  국가자료공동목록시스템(http://www.nl.go.kr/kolisnet)에서 이용하실 수 있습니다.
  (CIP제어번호 : CIP2014022230)

| 나 는 아 빠 될 자 격 이 있 는 가 ! |

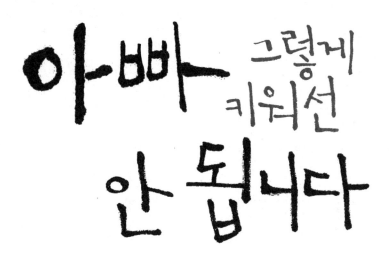

아빠 그렇게
키워선
안 됩니다

이시형 지음

21세기 아이를 키우는
20세기 아빠들을 위하여

요즘은 결혼을 늦게 하다 보니 아이도 늦게 낳는다. 그래서 이 책의 주 독자가 되는 초등학생 자녀를 둔 부모들은 40대 안팎이 될 것이다. 사실, 이 나이의 부모들은 한국 사회에서 가장 '문제가 많은' 부모 세대라 할 수 있다.

물론 그들의 잘못은 아니다. 엄밀히 따지자면 그렇게 키운 그들의 부모가 잘못이다. 문제 부모가 또 다시 문제 부모를 양산한 것이다. 안타까운 일이다. 그리고 더 멀리는 당시의 사회 분위기가 그러했다.

현재 40대 안팎의 부모들은 우리나라의 산업화 및 경제발전의 수혜를 누리며 IMF 전에 유년기를 풍요롭게 보낸 세대들이다. 대신 그들의 아버지는 잘 살아보자는 일념으로 죽어라 일만 한 세대들이다. 70~80년대 우리나라의 경제 부흥을 일으킨 산업일꾼이자, 전사였다. 그러니 아이와 가족은 뒷전으로 밀려났다. 자녀교육은 아내에게 맡기고 자신은 돈 버는 기계로 전락했다. 그리고는 아이가 원하는 것은 뭐든지 사줬다. '가난의 한을 아이에게 물려줄 수 없다. 하나라도 더 누리며 살 수 있게 하는 것', 그것이 아이와 자신, 그리고 가족을 위한 길인 줄 알았던 것이다.

그렇게 아빠들이 밖에서 돈을 버는 동안, 엄마들은 집에서 살림하며 아이들 키우는 데만 전념했다. 이들이 바로 우리나라에서 유일하게 전업주부라 불리던 세대다. 시간과 에너지가 넘치는 엄마들은 하나부터 열까지 아이 일에 전념했다. 내 아이를 최고로 키우겠다는 생각으로.

무엇보다 학교 성적은 무조건 좋아야 한다. 학교 성적이 아이의 성공과 행복을 보장한다고 믿었기 때문이다. 또한 아이의 성적이 엄마의 자녀교육 점수와 직결됐다. 공중도덕이나 예절, 인성교육은 뒷전으로 밀려났다. 공부만 잘 한다면 다른 건 아무래도 좋다. 모든 게 용서된다.

이러한 부모 밑에서 자란 아이들이 커서 지금의 부모 세대가 된 것이다. 문제 부모의 대물림이 된 셈이다.

• 아빠, 방관자가 되어선 안 돼

집에서 왕자 대접을 받으며 자란 이들이 요즘 아빠들이다. 하지만 유년시절 산업전선에 아버지를 빼앗긴 탓에 바람직한 아버지의 상을 배우지 못했다. 좋은 아빠가 되고 싶어도 아이와 어떻게 지내야 하는지 그 방법을 모르는 경우가 많다. 그래서 자녀와 함께하는 아빠캠프를 열면 정작 아빠들은 당혹스러운 표정들이다.

나이가 찼다고 결혼을 하고, 결혼을 했으니 아무 생각 없이 아이를 낳은 게 아닌가 하는 의문이 드는 아빠들이 더러 있다. 자녀교육은 아내에게 맡기고 자신은 방관자가 되는 경우도 많다. 그래야 되는 걸로 아는 부모도 많다. 오죽하면 '할아버지의 재력과 엄마의 정보력, 아빠의 무관심'이 아이를 명문대에 보내는 방법이라 하겠는가.

아니면 반대로 엄마 못지않게 아이들 일에 일일이 간섭하는 아빠도 있다. 아이와 친구처럼 지내야 한다는 강박에 오히려 아이를 망치는 경우도 있다. 아무리 프렌디 대디라 해도 아버지의 위엄은 서야 한다. 겉으론 부드러우면서 안으로는 강한 부성이 살아 있어야 한다. 원칙을 세우고 그 원칙에서 벗어날 때는 '안 돼!'라고 단호하게 말해줘야 한다.

한 아이의 아버지가 되는 일은 이렇게 막중한 책임을 지는 일이다. 부모로서 교육 능력과 자질이 있는지 면밀히 따져본 뒤 부모가 되어야 한다. 무엇보다 아이들에게 생활 속에서 모범을 보여야 한다.

특히 아이의 올바른 성장을 위해서는 아버지와 어머니의 균형 잡힌 훈육이 필요하다. 어머니가 정서적으로 보듬어주는 역할이라면 아버지는 정직, 약속, 책임, 규범, 배려 등 사회인으로서 갖춰야 할 기본을 가르쳐줘야 한다. 적어도 아이가 살면서 맞닥뜨리게 될 문제들에 대해 아버지가 먼저 고민하고 나름의 방향을 제시해줄 수 있어야 한다. 또한 학교와 가정, 양쪽 교육에 균형이 잡혀야 앞으로의 세기에 '유능한 인재'로 자랄 수 있다.

• 이 시대 30~40대 아빠들을 위한 자녀교육 멘토링

　본서는 저자가 자녀를 키우는 엄마, 아빠들에게 해주고 싶은 말로 나눠 구성한 것이다. 여기에 뇌과학적 근거들과 현업에 있을 때의 상담사례들을 곁들여 이해를 도왔다. 물론, 엄마편과 아빠편을 함께 읽어도 좋다. 부부가 같이 읽는다면 더욱 좋을 것이다.

　이 책에 실린 내용들은 여든이 넘은 저자가 인생 선배로서 이 시대 30~40대 엄마, 아빠들에게 전하는 진심 어린 조언들이다. 특히 아빠들은 자녀의 인생관 정립에 지대한 영향을 미치므로 아빠편은 아빠의 역할과 사명감을 피력하는 데 중점을 두었다.

　시중에는 이미 많은 자녀교육서들이 넘쳐 나고 있다. 부모들도 자녀교육에 관심이 많다. 하지만 소신 없이 흔들리는 부모들이 많다. 부모부터 중심을 잡아야 한다. 그래서 내용의 상당부분이 다소 엄하게 들릴 수 있다. 쓴 소리도 서슴지 않았다. 그만큼 후세를 위한 저자의 애정 가득한 당부라고 생각해주길 바란다.

2014년 8월

저자 이시형

CONTENTS

CONTENTS

아버지도 자격증이 필요하다

MENTORING 아이의 일등 후원자가 되자

부모도 자격이 있어야 한다.

아버지로서 어머니로서 나는 자질이 있는가? 부모로서 교육 능력이 있는가? 아이를 건전한 상식을 가진 세계시민의 일원으로 기워낼 수 있는 최소한의 자질을 갖추고 있는지 잘 생각해봐야 한다.

자녀교육에 방관자가 되어선 안 된다.

아버지는 정직, 약속, 책임, 규범, 배려 등 사회인으로서 갖춰야 기본을 가르쳐야 한다. 적어도 아이가 살면서 맞닥뜨리게 될 문제들에 대해 아버지가 먼저 고민하고, 나름의 방향을 제시해줄 수 있어야 한다.

자신의 성장을 위해 노력하는 모습을 보여야 한다.

인간은 배우는 과정에 있고 자라는 과정에 있다. 아버지라고 예외일 수 없다. 아이들 앞에서 함께 성장한다는 겸허한 자세를 잊지 말아야 한다.

아버지 될 자격이 있는가

부모도 자격증 제도가 있어야 한다. 아버지로서 어머니로서 나는 자질이 있는가? 아이를 건전한 상식을 가진 세계시민의 일원으로 키워낼 수 있는 최소한의 자질을 갖추고 있는지 잘 생각해봐야 한다.

'이 부모가 왜 아이를 낳았을까?'

이런 의문을 갖게 하는 부모를 더러 만난다. 아니 자주 만난다는 표현이 옳겠다. 내가 정신과 의사여서만은 아니다. 신문에서도, 길에서도, 버스에서도 본다. 도대체 무슨 배짱으로 아이를 낳았을까?

나이가 찼다고 결혼할 일이 아니다. 그리고 결혼을 했다고 아이를 낳을 일 또한 아니다. 내게 진정 아버지 될 능력이 있는지 물어보자. 막중한 책임을 져야 한다는 사실을 다시 한 번 확인할 필요가 있다.

선진국 부모들은 이런 점에서 아주 진지하다. 부모로서 자신이 없으면 아이를 낳지 않는다. 경제적으로, 시간적으로 그리고 정신적으로 스스로 면밀히 검토한 후에 아이를 갖는다. 결혼하고도 아이 없는 가정이 많은 까닭은 잘 키울 자신이 없으면 안 낳기 때문이다.

한국 부부는 이 점에서 너무 안이하다. 아이를 갖겠다는 건 보통 일이 아니다. 우선 자신의 건강과 집안 형편, 그리고 자질까지 면밀히 검토해야 한다. 저 먹을 건 타고 난다는 말도 옛말이다. 이젠 이성적으로 판단해야 한다. 몇이나 낳을 것인지, 딸 아들 구별 않고 키울 자신이 있는지도 물어봐야 한다.

아버지로서 어머니로서 나는 자질이 있는가? 부모로서 교육 능력이 있는가? 건전한 상식을 가진 세계시민의 일원으로 키워낼 수 있는 최소한의 자질을 갖추고 있는지 잘 생각해봐야 한다.

그래서 이야기인데, 난 오래 전부터 부모 자격증 제도가 있어야 한다고 생각해왔다. 부모가 될 자격을 심사하자는 것이다. 그리고 그 자격을 받기 위해선 인간으로서 지녀야 할 기본적인 심성, 사회인으로서 지켜야 할 기본 예의나 아이의 발달 과정에 대한 이해 등 폭넓은 교양과목을 이수하게 하자.

아이를 잘못 키우면 개인의 불행으로 끝나는 게 아니다. 가족, 사회에 끼치는 영향이 엄청나다. 인류를 죽음과 공포로 떨게 했던 스탈린이나 히틀러의 잔인한 성격이 그들 아버지의 주먹과 매질에서 비롯되었음을 상기해보라. 우생학을 들먹이거나 아이마다 제각기 타고난 자질의 잘나고 못난 것을 시비하자는 것도 아니다. 다만 부모로서 아이마다 타고난 자질을 십분 살려 아이 자신에게는 물론, 사회를 위해 공헌할 수 있는 인재로 잘 키워 보자는 뜻에서다.

요즈음 젊은 부모들은 아이에게 작은 이상만 생겨도 불안일색이다. 대가족 시절처럼 육아 경험이 있는 선배들의 도움을 청할 수 없기 때문이다. 이상이 아닌 정상적인 발육 과정인데도 겁을 먹은 나머지 이 병원, 저 병원으로 허겁지겁 달려간다. 자신이 없고 불안하니까 그만 과잉보호하려는 경향이 강해진다.

어머니는 그나마 생각도 하고 나름대로 신부 수업도 받는다. 하지만 한국 남자들은 이 점에선 아주 낙제점이다. 어디에도 신랑 교육을 하는 곳은 없다. 그런 말조차 없다. 덜컹 장가만 가면 출산, 육아쯤은 절로 되는 줄 알고 있는 '건달들'이다.

난 그래서 총각들을 위해 결혼 강좌를 열어야 한다고 생각한다. 최근 아빠들을 위한 교육 프로그램이나 모임이 늘고 있는 것은 다행스러운 현상이다. 난 이것이 세상의 어떤 교육보다 국가 백년대계를 위해 중요한 과제라고 믿는다.

자녀교육에 방관자가 되지 마라

적어도 아이가 살면서 맞닥뜨리게 될 문제들에 대해 아버지가 먼저 고민하고, 나름의 방향을 제시해줄 수 있어야 한다. 더 이상 자녀교육을 아내의 손에만 맡겨서는 안 된다.

자녀를 SKY대학에 보내려면 네 가지 조건이 갖춰져야 한다는 이야기가 있다. 할아버지의 재력, 아버지의 무관심, 어머니의 정보력, 그리고 아이의 체력. 이 우스갯소리의 속을 들여다보면 우리 교육의 현실을 적나라하게 보여주고 있는 것 같아 왠지 씁쓸하다.

네 가지 조건 중에서도 아버지의 무관심은 더 의아하다. 아버지가 자녀에게 무관심해야만 명문대에 갈 수 있다? 이건 또 무슨 소린가? 더 이상 자녀교육에 있어서 아버지의 역할은 없다는 뜻이며, 동시에 부권 상실의 시대를 상징적으로 보여주고 있다.

가정에서 아버지의 역할은 주로 경제적인 부분에 치우쳐 있는 것이 현실이다. 아이 교육에서 아버지의 역할은 아예 시작부터 제외되는 경우가 많다. 일하느라 바쁜 아버지보다 아이와 많은 시간을 함께 보내는 어머니의 역할이 커지는 것도 당연하다. 아이들도 하루에 얼굴 한 번 보기 힘든 아버지보다 어머니의 말을 더 따르게 된다. 그러면서 자연스럽게 자녀교육에서 아빠의 역할은 사라진다. 아버지 자신도 바쁘다는 이유로 자녀교육을 아내의 몫으로 넘긴다. 실제로 한 조사 결과를 보면 한국 아버지들이 자녀와 함께 보내는 시간은 하루 평균 15~30분, 자녀와 얼굴을 마주하는 횟수는 하루 평균 2.7회에 불과했다.

유대인 가정에는 아버지만 앉을 수 있는 의자가 따로 마련되어 있다. 그만큼 자녀들에게 아버지의 권위는 절대적이다. 유대인 아버지의 권위가 그냥 만들어진 것은 아니다. 유대인 아버지는 직장이 끝나면 곧장 집으로 귀가해 가족과 함께 시간을 보낸다. 아이들과 놀아주고 하루 일과에 대해 대화를 나누며 여유가 생기면 주로 독서를 한다.

아이들은 책을 읽는 아빠를 따라 자연스럽게 공부하는 흉내를 내고 습관을 들인다. 유대인 아버지는 자녀가 성인식을 치르기 전까지 학교 교육과 별도로 역사, 율법, 도덕을 가르친다. 매주 금요일 일몰부터 토요일 일몰까지 안식일에는 텔레비전 시청은 물론 운전까지 금하고 철저히 집에 머물며 독서와 토론으로 하루를 보낸다. 가정의 중심으로서 자녀교육에 최선을 다하는 것이다.

물론 한국의 아버지들이 유대인 아버지를 똑같이 따라할 수는 없다. 문화가 다르고 사회적 환경이 다르다. 하지만 아이를 낳고, 돈을 벌어다 준다고 아버지의 역할을 다했다고 생각해서는 안 된다.

불행하게도 우리 주위에는 전혀 아버지가 될 준비가 안 된 아버지들이 너무나 많다. 아이와 어떻게 대화를 해야 하는지, 좋은 습관은 어떻게 만들어줘야 하는지, 학습 관리는 어떻게 해야 하는지, 가치관 형성은 어떻게 만들어줘야 하는지 고민조차 해본 적이 없는 아버지들. 과연 그들에게 아버지 될 자격이 있는 것일까?

문제는 지금의 젊은 아빠들은 산업시대 가정에서 자라 아버지를 못 보고 자란 세대라는 점이다. 아빠와 아이가 노는 것을 보고 배울 기회가 없었다. 그래서 이상적인 아버지 상을 고민해본 적도 없다. 아이에게 무슨 말을 해야 할지, 같이 있을 때 뭘 해야 할지 모르는 이들은 퇴근 후나 주말에 '아이와 놀아줘야 한다'는 강박증에 시달리기도 한다.

아빠와의 캠핑 프로그램을 진행한 적이 있다. 엄마 없이 아빠와 단둘이 기차를 타고 일박 캠핑을 떠나는 것이다. 아이들은 모처럼의 아빠와의 나들이에 모두들 신이 났다. 한데 정작 아빠는 당혹스러운 표정이다. 무슨 이야기를 해야 할지 모르겠다는 것이다. 그 말에 나도 할 말이 없었다. 이래서야 무슨 교육이며, 훈육이랴.

자식의 교육권은 본질적으로 아버지의 권리요, 의무다. 학교도, 선생도, 국가도 아닌 아버지 고유의 권한이다. 아버지는 자식교육을 시킬 사명을 타고 났다. 교육의 일차적인 책임은 아버지다. 비록 불완전하고 경험이 미숙하더라도 아이의 최초의 교사는 부모다.

특히 아이의 올바른 성장을 위해서는 아버지와 어머니의 균형 잡힌 훈육이 필요하다. 어머니가 정서적으로 보듬어주는 역할이라면 아버지는 정직, 약속, 책임, 규범, 배려 등 사회인으로서 갖춰야 기본을 가르쳐야 한다.

어머니가 코치라면 아버지는 감독이다. 아이 가까이에서 가장 잔소리를 많이 하는 사람은 코치인 어머니다. 아버지는 크게 멀리 보는 감독이 되어야 한다. 적어도 아이가 살면서 맞닥뜨리게 될 문제들에 대해 아버지가 먼저 고민하고, 나름의 방향을 제시해줄 수 있어야 한다.

무관심으로 일관하다 막상 자녀에게 문제가 생기고 나서야 후회의 눈물을 흘리는 아버지들을 많이 보아왔다. 더 이상 자녀교육을 아내의 손에만 맡겨서는 안 된다. 아버지의 역할이 무엇이고, 자녀에게 어떤 아버지가 되어야 하는지 고민 또 고민하자.

지식이 아니라 삶의 지혜를 가르치는 사람

부모가 많이 배우고 적게 배우고는 전혀 문제되지 않는다. 삶의 지혜는 지식 교육과는 관계없이 얻어지는 것이기 때문이다. 인생의 선배로서 삶의 지혜와 슬기를 가르치는 것이 아버지의 몫이다.

배운 게 없어서 가르칠 게 없다는 부모도 있다. 못 배웠다고 아이들 교육에 오불관언의 태도를 취한다는 건 말이 안 될 소리다.

아버지와 아들이 고기잡이를 갔다. 아들은 최신 고급 낚싯대를 들고 나왔다. 용구함도 대단히 복잡했다. 아버지는 사용법을 모르기 때문에라도 그렇게 할 수 없었다. 복잡한 준비를 끝낸 아들이 낚싯줄을 던졌다. 하지만 영 고기가 잡히질 않았다. 지켜보고 있던 아버지가 조용히 물속으로 들어갔다. 아버지는 맨 손으로 큰 고기를 잡아 올렸다.

　내가 왜 이런 이야기를 하는지 '무식'한 부모도 그 사연을 짐작할 수 있을 것이다. 상급학교 교육을 받지 못했다고 무식한 부모는 아니다. 부모가 자식에게 가르쳐야 하는 건 지식이 아니기 때문이다. 물리학·수학·음악은 몰라도 된다. 인생의 선배로서 삶의 지혜와 슬기를 가르치는 것이 아버지의 몫이다. 사람을 만나 대화하는 법도 그렇다.

　기술, 지식 교육은 아버지의 영역이 아니다. 가르칠 수도 없거니와 안다고 가르쳐서도 안 된다. 부모는 지식 교육을 위한 선생은 못 된다. 이혼하고 싶지 않으면 부인에게 운전을 가르치지 말라는 말이 있다. 아이들 공부 못 가르치는 것도 같은 이유로 그만큼 사랑하기 때문이다.

　또한 아이들은 자신과 제일 가까운 사람일수록 무식하다는 이유로 경멸하기도 한다. 자기를 아끼고 사랑하고 믿을 수 있는 사람들, 부모·형·선생님까지 아이들은 무시하는 경향이 있다. 설익은 단편 지식으로 대들기도 한다. 아버지가 대학교수라도 고루하고 봉건적인 사람으로 몰아세우기도 한다. 녀석이 주워대는 토막지식 앞에 웬만한 부모들은 기가 죽는다.

　그렇다고 아예 자식과는 지적 토론을 하지 않겠다는 것도 아버지의 태도는 아니다. 내가 못 배운 이야기라면 못 배운 사람에게 아는 지식을 전달하는 법을 자식에게 가르쳐야 한다. 어려운 학술용어나 외국어를 섞어 쓰는 것은 옳지 못한 태도다. 아는 게 많을수록 상대에게 겸손하게 굴어야 한다는 것도 가르쳐야 한다. 이런 것이 삶의 슬기다.

학교 교육은 선생님에게 맡겨라. 그건 부모의 영역이 아니다. 따라서 부모가 많이 배우고 적게 배우고는 전혀 문제가 되지 않는다. 삶의 지혜는 지식 교육과는 관계없이 얻어지는 것이기 때문이다.

가정은 지혜와 인성을 가르치는 곳이 되어야 한다. 인성은 우리 삶의 가치를 결정하는 중요한 요소다. 예절학교, 인성캠프 같은 인성교육 프로그램이 난무하지만 인성교육을 가장 잘할 수 있는 곳은 가정이다.

무식한 부모란 소리만은 하지 말아야 한다. 자신을 위해서도 그렇고 아이를 위해서도 더욱 그렇다. 누구도 무식할 수 없는 법, 나이 든 만큼 삶의 지혜는 쌓이기 마련이다. 진짜 무식한 부모는 알면서도 잘못을 저지르는 사람이다. 이들이야말로 아이들에게 아무것도 가르쳐선 안 될 진짜 무식한 부모다.

아버지도 자녀와 함께 성장한다

아버지의 인간적 미숙이 아이에게 조롱의 대상이 되고 때론 반항의 계기를 만들기도 한다. 우리는 배우는 과정에 있고 자라는 과정에 있다. 아버지라고 예외일 수 없다.

사람은 누구나 완벽할 수 없다. 우리는 죽는 순간까지 배우고 성장해야 한다. 성장이란 아이들만의 과제가 아니다. 어느 나이에서나 인간은 예외일 수 없다. 아이와 함께 부모도 가정에서 성장하고 있다는 이 엄연한 사실을 명심해야 한다.

나는 부모니까, 어른이니까 마치 완벽하다는 듯한 착각은 금물이다. 애들을 가르치고, 지시하고, 꾸짖는 위치에 있기에 마치 자신은 완벽하다는 착각을 하기 쉽지만 이것은 착각이다. 이 착각이 자신을 옹고집으로 만들고, 때로는 억지를 쓰게 하고 쓸데없는 권위만 내세워 고함을 지르게 한다.

"어딜 가? 안 돼!"

"아버지 사실은 그게 아니고……."

"못 가! 너희들이 모여서 하는 짓거리라는 게 뻔해! 잔말 말고 오늘은 집에서 청소나 해!"

이건 억지다. 아이들이 승복할 리가 없다. 아버지 고함에 눌려 청소야 하겠지만, 더 어지럽혀 놓지나 않으면 다행이다. 자세히 들어보지도 않고 '안 돼!'라고 소리친 이상, 아버지 권위는 세워야겠고 이젠 억지를 부려서라도 고집을 세울 수밖에 없다.

우리 가정에서 흔히 있는 일이다. 일요일 동아리 모임에 가겠다는 아이라면, 그게 대청소를 빼먹고도 참석해야 할 만큼 유익한 것인지 아닌지는 물론 아버지의 판단이다. 판단이 안 서면 전문가에게 물어봐도 된다. 부모가 모르는 것도 있다는 사실을 아이들에게 알려 둘 필요도 있다.

오히려 알고 모르고가 분명한 것이 좋다. 모르면서 아는 체하는 부모를 아이들은 경멸한다. 모르면서 허세를 부려도 아이들이 눈치를 못 챈다면 당신은 아이를 잘 키우고 있다고 할 순 없다.

"이 문제는 외삼촌과 의논해보자."

이 정도 여유를 갖고 섣불리 결론을 내리지 않는 것이 좋다. 그리고 그게 잘못된 줄 알면서도 아버지의 위신상 억지로 밀어붙이는 일은 없어야겠다. 그게 당신의 조급한 성격, 미숙한 대인관계에서 비롯된 것이라면 더욱 그렇다. 부자관계도 대인관계인 이상 상식적으로 지켜야 할 모든 원칙이 예외 없이 적용된다는 사실을 명심해야 한다.

가령 남의 이야기를 끝까지 듣고 자기 의견을 제시하는 일, 이건 인간관계의 상식이요, 기본이다. 이 원칙을 무시한 데서 문제가 빚어진 것이다. 아버지의 인간적 미숙이 아이에게 조롱의 대상이 되고 때론 반항의 계기를 만들기도 한다. 좀더 배워야 한다. 아직도 우리는 배우는 과정에 있고 자라는 과정에 있다. 아버지라고 예외일 수 없다.

'그때는 다 아는 것 같았는데…….' 돌이켜보면 그게 얼마나 어리석고 모자란 생각이었는지 얼굴이 붉어진다. 30대가 되어 20대를 돌아봐도 그러했고, 50대가 되어 40대를 돌아봐도 역시 그렇다. 40은 불혹이라 했거늘 이젠 남의 이야기에 쉽게 흔들릴 나이도 아니니 아이들 앞에서도 당당했다. 나의 사회적 위치나 관록으로도 당연히 그래야 할 일이었다. 하지만 지금 돌이켜 보노라면 그때도 역시 어렸구나 하는 생각을 금할 길 없다.

나이를 먹음에 따라 얻어지는 지식은 책에서 익힐 수 있는 지적 지식과는 차원이 다르다. 지식이라기보다 산 체험이요, 지혜요, 슬기다. 이것은 책에서 얻어질 수 있는 게 아니라, 기나긴 인생길 애환 속에 깃든 수많은 일들, 기쁘고, 슬프고, 서럽고, 고달프고……. 이 많은 체험들이 차곡차곡 쌓여 결이 삭아 우러나온 삶의 지혜다. 이게 인생내공이다. 배움에 있어 나이가 없다는 선현들의 말씀이 실감난다. 가정에선 아이들 앞에서 함께 성장한다는 겸허한 자세를 잊지 말아야 한다.

+ Brain

나이가 들수록 전반적 지능은 상승

나이가 들면 머리가 굳는다고 하지만 뇌과학적으로 볼 때 그 말은 옳지 않다. 오히려 절박함을 느끼기 때문에 공부가 잘 된다는 게 뇌과학적 결론이다. 뇌는 적당한 압박을 좋아하기 때문이다. 정신의학에선 이를 '적정한 긴장(Optimum Tension)'이라 부른다.

또한 우리 뇌에는 '작업흥분'이라는 신비스러운 기능이 있다. 우리 뇌는 새로운 변화에 가벼운 불안 공포 반응으로 반발한다. 하지만 동시에 새로운 것에 대한 호기심도 작용한다. 일단 공부를 시작해보라. 이상하게도 우리 뇌는 시작한 일에 대해 가벼운 흥분을 일으켜 그 일을 계속하게 만든다.

나이가 들수록 방금 전 일을 잠시 후 기억해내는 능력은 다소 저하될 수 있지만 일상생활이나 업무 수행에 지장이 있을 정도는 아니다. 머리는 쓸수록 좋아지는 법이다. 또한 수학능력, 논리력 등은 떨어져도 전반적 지능은 오히려 향상된다.

특히 지식, 경험, 지혜가 쌓여 인생관이나 사회관 등을 만들어 내는 결정성 지능은 나이가 들수록 올라간다. 이에 비해 현상을 파악하는 능력, 기획력, 의사 결정력, 관리 능력 등 많은 정보를 통합하고 통괄하는 통괄성 지능은 40세를 지나면서 올라가는 사람도 있고 내려가는 사람도 있다.

창의력은 나이에 비례해 상승한다. 풍부한 경험과 지식은 창의적인 발상의 기반이 된다. 더군다나 학교 공부는 창조적인 공부와는 거리가 멀다. 공부는 실생활에 창조적으로 활용되어야 한다. 어른의 공부는 응용할 기회가 많다. 당장 써먹을 수 있다 보니 공부하면서 응용 방안을 생각하게 된다.

또한 인생의 깊이에서 우러나온 안목과 식견 덕분에 책만 뒤지는 학생들보다 문제해결 능력이 뛰어나다. 수십 년 쌓인 공부 경험 덕분에 공부 요령도 알고 있다. 어떻게 공부해야 하나 고민하지 않아도 되고 시행착오를 겪느라 시간을 낭비하지 않아도 되니 책장이 술술 넘어간다. 내 의지로, 내 능력으로 최선을 다하면 그걸로 만족이니 절로 공부에 흥이 난다. 이는 성취감이 더 크기 때문이다. 따라서 '이 나이에'라는 생각이 가장 위험하다.

● ● ●

아이의 일등 후원자가 되자　• • • •

　최 씨 내외는 바빴습니다. 말단 공무원인 남편의 힘을 덜어 주기 위해 아내는 증권회사에 다녔습니다. 부지런한 덕분에 생활에 큰 불편은 없었지만 문제는 하나, 딸 선희였습니다. 선희는 모든 면에서 평균 이하였습니다. 인물도, 공부도, 그렇다고 특별한 재주도 있어 보이지 않았죠.

　그나마 위안이 되는 것은 선희가 자신을 대단한 미인으로 생각하고 있다는 점이었습니다. 한편으론 그게 더 걱정이기도 했지만, 결국 그것이 도화선이 되었죠. 이 애가 탤런트 아니면 모델이 되겠다고 나선 것입니다.

　고2 여름방학부터 프로덕션 심부름을 하며 따라 다니기 시작했습니다. 헤어스타일부터 입고 다니는 옷까지, 누가 봐도 선희는 여고생이 아니었습니다. 방학이 끝났는데도 학교엔 관심이 없었습니다. 학교 선생님들과도 마찰이 잦아 결석이 늘었습니다. 이상한 남자로부터 전화가 오고 술도 마시는 모양이었습니다.

　최씨 내외가 저를 찾은 건 이 시점이었습니다. 딸을 보는 눈이 아주 객관적이었고 모든 면에서 합리적인 사람들이었습니다. 우리가 함께 내린 결론은 세 가지였습니다.

　하나는 휴학을 시키자는 것이었죠. 학교 측 요구도 있었지만, 무엇보다 선희가 학교에 간다는 거짓말을 더 이상 할 필요가 없게 해주자는 것이었습니다.

그 다음 선희가 하는 일을 이해하도록 노력하고 적극적으로 도와주자는 것이었습니다. 그게 나쁜 일도 아니고 아이가 좋아하는 일이니까 최선을 다해보겠노라고 약속했습니다.

끝으로, 선희로 하여금 집에도 재미를 붙일 수 있도록 분위기를 완전히 바꾸기로 했습니다. 연예계로 나가겠다는 생각이 잘못은 아니지만 선희에겐 출발점에서 무언가 심상찮은 조짐이 보였기 때문입니다. 이건 지금까지의 가정 분위기에도 어떤 문제가 있었다는 뜻이죠. 집에 재미가 없으니까 아이는 밖으로 나가는 것입니다. 아이를 집으로 다시 불러들이기 위해선 지금까지의 분위기로는 안 됩니다. 물론 이게 모두 부모 탓만은 아닙니다.

"부모는 나를 이해 못해요." 이것도 응석이긴 하지만 이를 받아들여야 합니다. 바깥 세계보다 집이 좋다는 걸 보여줘야 합니다. 지금까지 엄격했으면 이젠 과보호랄 만큼 부드러워야 합니다.

선희 부모는 아이의 세계를 이해하려고 그가 잘 가는 클럽에도 가보고 프로덕션의 촬영 현장에도 가 보았습니다. 어머니는 '어떻게 그렇게까지?'하고 머뭇거렸지만 아버지는 적극적이었습니다. 이 정도의 각오와 희생은 해야 한다고 아내를 격려했습니다. 아이의 친구도 초대했습니다. 밖에서 불량기가 있어 보이던 친구들도 남의 집, 남의 부모 앞에선 의젓하게 구는 법, 보기와는 달리 이야기를 해보니 착한 아이들이었습니다.

부모가 선희의 열렬한 후원자라는 것이 알려지면서 그곳 사람들도 경계의 빛을 거두었습니다. 집안에서나 밖에서나 선희는 이젠 숨길 것이 없어졌죠. 선희가 하는 건 심부름이나 허드렛일이 고작이었지만 부모는 전혀 개의치 않고 열심히 후원했습니다.

아이가 단역에라도 출연하는 날은 온 집안이 흥분 일색입니다. 점잖은 아버지도 엑스트라로 출연하면서 도왔습니다. 그런 날 밤엔 집에 웃음꽃이 피었습니다. 실패담, 해프닝 등 참으로 화기애애한 분위기가 되었습니다. 그런 광경을 지켜본 스태프진도 감동, 이 가족에게 무슨 역이든 만들어 주려고 노력했습니다.

"이러다 우리 가족 모두 탤런트가 되는 게 아닌지 모르겠어요."

최 씨는 크게 웃었습니다.

세상 부모가 모두 최 씨 부부만 같다면 상담이란 직업도 해볼 만합니다.

"안 돼! 학교 가야 돼! 못해도 고등학교는 졸업해야 최소한도 인간 구실을 할 게 아니냐."

이게 대개의 부모들 반응입니다. 이런 방법으로 성공하는 경우도 물론 있습니다. 하지만 대개의 경우, 이 작전은 실패로 끝납니다. 끝없는 마찰, 가출, 퇴학, 음주, 약물……

한 발짝도 늦거나 딴 길을 가면 안 됩니다. 초등학교를 마치면 중학, 고교 그리고 대학교……. 그것도 낙제 없이 한 단계씩 착착 밟아 올라가야 합니다. 이게 우리 사회가, 그리고 부모가 짜 놓은 규격이요, 틀입니다. 하지만 개성이 강한 아이가 이 틀에 맞기란 쉽지 않습니다. 여기서 마찰이 생기는 것입니다.

이 때 잘해야지 잘못하면 아주 엇나가 버릴 수 있습니다. 이 때 필요한 게 부모의 융통성이요, 배려입니다. 그리고 필요하면 지금까지의 가정 운영 방식을 완전히 바꿔야 합니다. 부드러운 분위기였다면 엄하게 바꿔야 하고, 너무 엄했다면 부드럽게 바꿔야 합니다. 지금까지의 가정 운영 방법이 실패작으로 판단된 이상 — 실패가 아니라도 아이에겐 맞지 않는다는 게 판명된 이상 — 과감한 전환이 필요한 것입니다.

잘못된 줄 알면서도 밀고 나간다는 건 미련한 짓입니다. 사실이지 여기엔 잘잘못이란 게 굳이 없습니다. 그저 가정 분위기가 이 아이의 개성에 잘 맞지 않았다고 생각하면 됩니다.

사탕 아빠가 문제다

MENTORING 아이는 아버지와 대결하며 자란다

강한 부성은 강인한 정신력이다.

부드러운 모성과 강한 부성이 조화를 이뤄야 한다. 강한 부성을 보여줘야 아이들 마음속에 자신을 지켜 나가려는 의욕과 결단을 불러일으킨다.

친구 같은 아버지도 위엄은 있어야 한다.

친구처럼 다정한 사이라도 아버지의 위엄을 잃어서는 안 된다. 원칙에서 어긋날 때는 안 된다고 말해줘야 한다.

혈연관계에도 책임이 있고 역할이 있다.

어릴 때부터 집안일을 통해 집단에서의 자기 역할과 책임을 가르쳐야 한다. 자식이라는 이름 하나로 모든 게 수용되고 용서된다면 그 아이에겐 책임의식이 싹 틀 수 없다.

아버지의 힘을 보여주자

부드러운 모성과 강한 부성이 조화를 이룰 때 비로소 아이가 건강하게 자랄 수 있다. 강한 부성이 아이들 마음속에 자신을 지켜나가려는 의욕과 결단을 불러일으킨다. 자신에게도 남에게도 지지 않게, 강하게 더 강하게 하는 성장의 촉진제가 된다.

언제부턴가 사탕처럼 달콤하고 솜털처럼 부드러운 아버지가 좋은 아버지라고 여기기 시작했다. 가정에서 아버지의 권위는 사라진 지 오래다. 자식들과 TV채널 선택문제로 다투던 아버지가 자식들에게 밀려나 자기 방에서 자살 기도를 했다는 황당한 사건도 있었다. 자식에게 얻어맞아 병원에 입원한 아버지도 있단다. 참으로 어이없는 세상이다.

부권이 부활되어야 한다. 아버지의 위상이 재정립되어야 한다. '강해야 아비라지만 어디 힘을 발휘해볼 기회가 있어야지. 그

렇다고 아이들 보는 앞에서 육탄전이라도 벌일 건수가 있는 것도 아니고.'

강하다는 건 꼭 완력만은 아니다. 아버지의 엄격함, 당당하고 의연한 모습이 살아날 때 아이들도 자신감을 회복하게 될 것이다. 강인한 정신력이 아이들에게 전달될 때 보다 강한 아버지가 될 수 있다.

한데 이 역시 쉬운 일은 아니다. 시대 조류가 강성 이미지의 남성보다 부드럽고 아름다운 여성상으로 바뀌어가는 탓도 있을 것이다. 유니섹스(Unisex) 물결과 함께 이제 가정에서도 아버지와 어머니의 구별이 없어지고 있다. 가사 일도 같이하고, 여권이 신장되면서 사회활동이 많아지니 아버지와 어머니의 구별이 쉽지 않게 되었다.

나는 여기서 굳이 사내는 목이 말라도 부엌에 들어가선 안 된다는 우리 할머니의 말씀을 들먹일 생각은 없다. 다만 아버지의 강성이 약해져선 안 된다는 걸 말하고 싶다. 아내와 함께 미용실에 가도 좋고 앞치마 걸치고 설거지를 해도 좋다.

단, 아버지로서의 강한 이미지는 살아있어야 한다. 부드러운 모성과 강한 부성이 조화를 이룰 때 비로소 아이가 건강하게 자랄 수 있기 때문이다.

어릴 때부터 자기가 원하는 것은 다 할 수 있던 아이, 제지나 억제를 받아본 경험이 없는 아이는 내성과 인내력을 키울 수 없다. 그렇게 자란 아이는 자기 말이 거부되면 순간적으로 격분해 돌이킬수 없는 짓을 저지르기도 한다. 부부싸움 끝에 자기 집에 불을 지른 남자, 구급차가 늦게 왔다고 구급대원을 구타한 남자 등 어이없는 사건들이 많다. 이는 모두 순간적인 충동을 억제하지 못한 탓이며, 부모의 애정과잉이 빚은 결과이다.

강한 부성이 아이들 마음속에 자신을 지켜 나가려는 의욕과 결단을 불러일으킨다. 자신에게도 남에게도 지지 않게, 강하게, 더 강하게 하는 성장의 촉진제가 된다.

아이들 마음속은 온갖 유혹들로 들끓고 있다. 질투, 시기, 폭력, 성적충동까지, 때론 잔인하고 자기중심적인 온갖 못된 생각들로 가득 차 있다. 이런 충동을 자제 못한다면 아이의 인생이 어떻게 될 것인지 불을 보듯 뻔하다.

이것을 자제하게 하는 힘이 부성이다. 강한 아버지가 버티고 있는 것만으로도 못된 유혹들이 감히 고개를 쳐들 엄두를 내지 못한다.

어떤 난관에도 흔들리지 않고, 어떤 외압에도 굴하지 않고, 어떤 위험에서도 우리 가족을 안전하게 지켜줄 아버지, 그런 힘 있는 아버지가 집에 버티고 있는 이상 아이들은 정서적으로 안정이 된다.

한 걸음 더 나아가 파괴적인 에너지를 보다 건설적인 방향으로 승화시켜 줘야 하는 것, 이것이 아버지의 역할이다. 시기, 질투하는 아이에게 공정한 경쟁을 하게 가르치고, 파괴적인 아이에게 창조를, 싸우는 아이에게 운동을, 자기중심적인 아이에게 협동심을, 성적충동을 예술로, 잔인성을 인간애로 승화시켜 줘야 한다.

아이들과 함께 산을 오르고 캠핑을 떠나자. 숨을 헐떡이며 가파른 고개를 오르고 부어오른 발을 여울물에 담그고 찡그린 얼굴로 마주볼 때 이들 사이에 훈훈한 정신적 교감이 흐른다. 모기에 뜯기고, 설익은 밥을 맛있게 먹어치우는 풋풋한 웃음 속에 힘이 넘치고 유머가 피어난다.

별을 헤며 우주를 이야기하자. 야구를 하고 잔디에 뒹굴자. 이불 위에 레슬링 한 판도 신나게 하자. 그리곤 씩씩거리는 아들놈의 팔을 베고 누워 보라. 둘만이 느낄 수 있는 강렬한 힘이 온몸 가득 느껴질 것이다. 뭐랄까, 든든하고 믿음직하고 뿌듯한 느낌, 이건 부자 사이만이 느낄 수 있는 동물적 본성이다.

아버지가 서야 할 자리는 여기다. 아버지의 힘이라는 게 무슨 거창한 이야기가 아니다. 아이들과의 이런 순간에 아버지의 힘이, 아버지의 정신이 전달되는 것이다. 아이는 아버지를 닮는다. 모델이 강해야 아이도 강해진다. 동일시 과정은 아이들 성격 형성에 대단히 중요한 역할을 한다.

특히 사내아이의 경우 이건 아버지만이 할 수 있는 일이다. 요즈음의 가정교육은 일차적인 책임을 엄마에게 맡겨 두고 있다. 몇 번 말하지만 엄마 혼자만으로는 안 된다. 자신 있는 아이로 당당히 키우려면 아버지가 있어야 한다. 그리고 강한 아버지여야 한다.

부자 사이란 뭐니 뭐니 해도 세상에서 가장 믿을 수 있고 친한 사이다. 그러면서도 아버지의 권위가 살아있어야 한다는 게 숙제다. 아버지의 권위가 무너지면 건전한 부자관계를 유지할 수 없다.

프렌디 대디도 위엄은 지켜야

친구처럼 다정한 아버지가 인기다. 하지만 아버지의 위엄은 잘 보전되어야 한다. 겉으론 부드러우면서도 안으로는 강한 부성이 살아있어야 한다. 원칙을 세우고 그 원칙에서 벗어날 때는 '안 돼!'라고 단호하게 말해줘야 한다.

아들의 전복사고로 응급실에서 한 아버지를 만났다. 공부 잘하라고 오토바이를 사줬다는 아버지였다.

"그럴 수도 있겠지요. 하지만 아이의 기질을 생각했어야지요."

"나쁜 아이는 아닙니다. 그리고 다른 아이들도 모두 타고 다니는 걸요."

"모두라니요? 한두 사람의 폭주족이 고작입니다."

"그럴까요? 선생님과 미리 의논할 걸 그랬어요."

"그건 누구와 의논할 성질의 일이 아닙니다. 어디까지나 아버지의 판단이어야 합니다. 안 된다고 생각되면 아이가 뭐라고 졸라도 안 돼야죠. 오토바이 갖고 있는 아이가 설마하니 공부 잘하리란 생각은 안 하셨겠지요. 그건 전문가의 판단이 아니라 누구나 알고 있는 상식입니다."

한마디 더하고 싶었지만 그 정도로 참았다. 사실 이건 범죄행위다. 이렇게 키우면 그 피해자는 아버지가 아니라 아이이기 때문이다. 골절에 뇌진탕까지 입은 당장의 사고 책임만이 아니다. 공부하도록 유인하려는 이런 잔재주가 결국 아이의 건전한 인격을 좀 먹고 말았기 때문이다.

공부는 아이의 책임이다. 이 원칙이 분명히 전달되어야 한다. 공부가 마치 부모 책임인 양 비쳐지면 아이는 묘한 흥정을 하려고 덤빌 것이다. 카메라를 사주면 공부하겠다, 이게 커져 오토바이, 나중엔 차로 넘어간다. 그래서라도 공부를 하면 다행이지만 불행히도 결과는 번번이 부모의 판정패로 끝난다.

공부 흥정뿐만이 아니다. 아버지 교육을 받지 못한 아버지들은 아이들에게 돈이나 장난감 같이 물질적인 공급을 충분히 해주는 일 외에 무엇을 해야 할 지 모르는 경우가 많다. 많이 해줄수록 잘 자랄 것이라 생각하지만 이것은 아이를 망치는 일이다.

세간에는 '딸 바보 아빠'라는 말이 유행이다. 이런 아빠들의 고민 중 하나는 아이들과 어느 정도, 어떤 사이여야 하는 점이다. 재롱둥이가 차츰 철이 들어가면 아버지는 이 문제를 놓고 상당한 고민을 한다. 언제까지 귀염둥이 취급만 해서는 안 되겠다는 생각이 들기 때문이다.

아버지와 자녀의 관계는 시대에 따라, 문화에 따라, 가정에 따라, 각자의 품성에 따라 다르다. 요즘엔 친구처럼 다정하게 지내는 아버지가 인기다. 하지만 아버지의 위엄은 잘 보전되어야 한다. 겉으론 부드러우면서 안으로는 강한 부성이 살아있어야 한다. 원칙을 세우고 그 원칙에서 벗어날 때는 '안 돼!'라고 단호하게 말해줘야 한다. 아이의 의사는 존중하면서 필요할 때는 분명하게 꾸짖어야 한다.

아이들과 시간을 많이 갖는 것만이 대화는 아니다. 아버지는 몸으로 말한다. 권위란 말로써 이루어지는 게 아니다. 아이들이 보고 느낄 수 있어야 한다. 인기 있는 아버지가 아니라 존경스런 아버지가 돼야 한다.

너무 엄하게만 하면 행여 아이들이 빗나가랴, 자신의 언동 하나에도 신경을 쓰는 소심증에 걸린 아버지들이 있다. 나는 이런 아버지를 탓하고 싶진 않다. 아무렇게나 기분 나는 대로 말해버리고, 아이들 앞에서 거리낌 없이 행동하는 아버지에 비한다면 고마운 사람들이다. 아이들 앞에선 조심스러워야 한다.

그렇다고 소심증에 떨 것까진 없다. 왜냐하면 아이들에겐 나름대로의 판단력이 있기 때문이다. 집안 분위기나 평소 아버지의 전반적인 인품이 문제지, 말 한마디 행동 하나가 아이들에게 결정적 영향을 주진 않는다. 무심코 내뱉은 말 한마디에 애들 속이 상할 수도 있을 것이다. 하지만 평소 당신의 인품이 상식적인 수준만 되어도 아이들은 그게 아버지의 실언이지 참뜻이 아니란 것쯤은 알고 있다. 그러니 그렇게 노이로제가 될 정도로 떨 것까진 없다.

아버지의 부드러움은 등 뒤에서 보이지 않게 은근히 전달되어야 더 큰 효과를 볼 수 있다. 조명으로 치면 간접 조명이다. 보이지 않게 등 뒤에 감춰진 그 부드러움을 아이들이 찾아 느낄 때 감동을 느낀다. 정녕 아버지가 빛날 때는 그런 순간이다.

+ Brain

적절한 절제로 자기감정 조절력을 키워야

공주, 왕자로 자란 아이들은 자기감정 조절력이 부족해 걸핏하면 공격적으로 폭발하고 충동적으로 행동한다. 참을성도 없고 기다릴 줄 모르며, 작은 고난도 이겨낼 내성이 없다. 당연히 인간관계나 사회생활을 제대로 할 수 없다.

이는 뇌 속에 세로토닌 대신 공격적인 노르아드레날린이 넘치기 때문인데, 전전두엽의 한 부분인 안와전두피질(OFC)의 발달 미숙이 원인이다. 안와전두피질은 변연계와 전두엽을 잇는 연결통로이자, 좌뇌와 우뇌 사이에 끼어있다. 따라서 감각기관이 보내오는 정보를 분석하고, 원시적 감정과 충동적 욕구가 올라오는 변연계를 통제하고, 여러 대뇌피

질들에서 보내는 정보와 전전두엽의 이성적 사고를 감정과 적절히 조합해 합리적인 판단을 내리는 곳이다.

즉, 자기감정 억제뿐 아니라 공감력, 감정이입력, 스트레스 감내능력 등 인간으로서 지녀야 할 기본적 능력이 안와전두피질의 발달에 달려있다. 만약 변연계를 통제하지 못하면 감정적이고 충동적인 행동을 보이고, 반대로 이성적인 전전두엽에만 치우치면 인간미 없는 인간이 된다.

이 기능은 세 살 이전에 형성된다. 충분한 애착으로 신뢰감을 주되, 돌이 지나면서 차츰 '안 돼!'라는 제지가 있어야 감정 억제에 필요한 회로가 생긴다. 애정일변도로 양육하면 아이는 참고 기다리며 억제해야 할 필요를 느끼지 못한다. 갓난아이에게는 원래 억제력이 없다. 양육과정에서 부모가 적절히 '안 돼!'라는 억제 자극을 줘야 한다.

예의바르고 자기주도적으로 공부하며 감정조절도 잘하는 사교적인 아이는 애착과 신뢰감 속에서 적절한 조절 중추가 발달되어야 가능하다. 따라서 아이를 진정으로 사랑한다면 적절한 절제와 통제를 가르쳐야 한다.

물론 이것은 3살 이전까지다. 그 후에도 아이들의 건전한 사회성 훈련을 위해 적절한 제지와 격려가 필요하겠지만 3살 이전이 앞으로의 자기감정 조절에 가장 중요한 시기란 걸 명심해야 한다. 이 때 잘 키워놓으면 그 후엔 아이들 스스로 하는 자제력이 생기므로 일일이 따라다니며 잔소리를 할 필요가 없다.

꾸중 못하는 아버지가 문제

꾸중을 못하는 아버지는 아이의 교육권을 포기한 것이나 마찬가지다. 단, 꾸중을 할 때는 남발하지 말아야 한다. 특히 자기감정을 풀기 위한 화풀이용으로 해서는 더더구나 안 된다.

꾸중을 해야 되는 경우에도 꾸중을 못하는 부모가 있다. 안 하는 게 아니라 못한다. 해야 되는 줄은 알면서도 못하는 부모다. 행여 여린 아이에게 상처를 입힐까봐 안쓰러워 못하겠다는 부모도 있다. 아이가 꾸중 듣고 침울해하는 걸 보면 부모 가슴이 더 아프다. 기가 약한 아이가 더 기가 죽을까 두려워 못하는 부모도 있다. 눈에 넣어도 안 아플 만큼 귀한 아이에게 어찌 꾸중을 하랴 싶은 부모도 있다.

이런 저런 걱정 때문에 꾸중을 못하는 부모가 점점 늘고 있다.

심지어 어차피 꾸중을 해야 소용이 없으니 아예 생각을 안 한다는 부모도 있다. 이 정도면 부모가 아이의 교육권을 포기한 상태다. 실제 이런 부모들은 아이 훈육을 남의 손에 의지한다. '선생님, 우리 아이를!' 증후군이다. 내 말은 안 들으니 선생님이 야단 좀 쳐달라는 부탁이다. 문제아 상담을 해오는 부모는 거의가 이런 유형이다. 더욱 기막히고 슬픈 일은 그게 무슨 어려운 부탁도 아니라는 것이다. 아이의 운명을 가름하는 큰 문제도 아닌, 참으로 자질구레한 일들이다.

"선생님, 목욕 좀 하라고 일러 주십시오. 내 말은 안 들으니 선생님이 대신 말 좀 해주세요."
"머리 좀 깎으라고 해주십시오."
"늦잠을 못 자게 혼 좀 내주세요."
"밥 좀 제때 먹으라고 야단쳐 주세요."
나는 아무 대꾸도 못하고 멍하니 그 아버지를 쳐다볼 수밖에 없다. 그렇게 자식을 키우다간 아이뿐 아니고 이 사회까지 망쳐놓을 게 뻔하기 때문이다.

지금도 늦진 않다. 이 병을 고쳐 줄 사람은 이 세상에 부모밖에 없다. 학교 선생이든, 병원 선생이든 선생은 부모의 태만까지 고쳐 줄 수 없다. 부모 스스로 고치겠다는 결단을 내려야 한다. 말을 안 들으면 듣게 하는 방법이 있다. 연구해야 한다. 그것이 부모에게 주어진 의무요, 권리다.

"선생님 우리 애를!" 제발 이 말만은 말아야 한다.

단, 꾸중에도 원칙이 있다. 첫째 남발하지 말아야 하며, 둘째 자기 감정을 발산시키기 위한 화풀이용으로 해선 안 된다. 그 다음 유의해야 할 원칙은 꾸중하는 사람의 기분이 전달되어야 한다는 점이다.

작은 일에 토라진 녀석이 제 방에 틀어박혀 나오질 않는다. 불러도 대답이 없다. 좀더 큰 소리로 불러보지만 역시 반응이 없다. 녀석이 분명히 들었을 텐데 두 번, 세 번 불러도 대답이 없다. 이럴 때 당신의 다음 반응이 궁금하다.

"뭐 한 놈이 성낸다더니……"

"이놈이 아버지가 불러도 대답을 안 해? 괘씸한 놈 같으니."

당신 마음이 이렇게 움직여간다면 다음 반응은 뻔하다.

"아, 얼른 대답 못해?"

버럭 소리를 지를 것이다. 그리곤 아이 방으로 달려갈 것이다.

아버지 부름에 대답을 않는 건 권위에 대한 정면 도전이다. 아버지가 화가 나는 건 바로 이 점 때문이다. 그러나 냉정히 생각해보자. 아이 입장에서 보자는 것이다. 이유야 어쨌건 아이는 지금 토라진 상태에 있다. 그럴 땐 얼마간 삭일 때까지 혼자 내버려둬야 한다. 누구와도 이야기하고 싶지 않다. 이런 상황에서 아이를 불렀다는 자체는 아이의 심경을 깡그리 무시한 처사다. 그리고 한 번 불러 대답이 없다면 내 기분보다 아이의 기분을 먼저 생각해봐야 한다.

"왜 불러도 대답을 안 해?"가 아니라 "불러도 대답을 안 하니까 어떻게 되었나 걱정했잖느냐." 이렇게 물어야 순서요, 순리다. 그게 부모로서의 자세다. 아버지가 걱정을 하고 있다는 그 기분이 아이에게 전달되어야 한다. 꾸중이고 야단이기보다 아버지의 자식에 대한 걱정이 먼저 전달되어야 하는 게 원칙이다.

녀석도 가벼운 불만의 표시로 대답을 안 할 수도 있다. 그것도 아버지에 대한 하나의 의사 전달이다. '공부하고 있는데…….' 이런 변명도 있을 수 있다. 그것도 들어줘야 한다. 어쨌든 '나는 너를 걱정하고 있다'는 그 진심이 전달되어야 한다. '이놈이 그래도 대답을 않고?' 이렇게 위협을 한다면 이건 항복하라는 협박이지, 훈육은 아니다.

원칙론을 강조하는 부모도 있다.

"아버지가 부르면 곧바로 대답을 해야 하는 법이야."

이렇게 원칙론을 내세워 대답을 해야 한다는 것을 강조한다. 하지만 아이들이 그런 원칙을 몰라 대답을 안 하는 건 아니므로, 원칙을 강조해선 설득력이 없다. 그것을 깼을 때의 기분이 전달되어야 한다.

"대답을 안 하니까 아버지가 걱정이어서 그렇지."

이 기분이 전달되어야 한다. 아버지가 걱정이 되니까 대답을 했으면 좋겠다. 이것이 순리요, 원칙이며 그래야 설득력이 있다. 백 마디 위협적인 원칙론보다 따뜻한 정을 깔고 있는 이 한마디가 더 효과적이다.

내 아이를 믿어라

부모가 아이를 믿지 못하면 아이도 자신을 믿지 못한다. 부모가 불안한 빛을 보이면 아이도 덩달아 불안하다. 불안한 아이는 무슨 일이고 소신껏 해낼 수 없다.

나이가 아무리 들어도 아버지에게 아들은 언제나 아이요, 철부지다. 환갑 지난 아들에게 길조심 하라고 걱정하는 게 늙은 아비의 심경이다. 아무래도 미덥지가 않다. 경험도 없는 애가 덤벙대다 실수나 하지 않을까? 겁도 많고 소심한 아이라 어디에 내놓아도 안심이 안 된다. 이런 노파심이 아이를 과보호하는 원인이 된다. 그저 품안에 감싸고돈다. 이것이 아이들의 독립심을 저해하는 가장 큰 원인이다.

부모가 아이를 믿지 못하면 아이도 자신을 믿지 못한다. 부모가 불안한 빛을 보이면 아이도 덩달아 불안하다. 불안한 아이는 무슨 일이고 소신껏 해낼 수가 없다. 설령 할 수 있는 능력이 있다 해도 해볼 엄두를 못낸다. 불안하고 자신이 없기 때문이다. 한 번도 혼자서 해보질 않았기 때문이다.

아이를 믿어야 한다. 그 나이에 걸맞는 정도의 능력을 믿어야 한다. '너를 믿는다'는 확실한 부모의 소신이 아이에게 전달되어야 한다. 그것은 평소의 부모 태도에서 그리고 생활 전반에서 전달되어야 한다. 말로 해서 되는 게 아니다. 우선 아이를 믿고 일을 시켜야 한다.

나의 아버지는 그 점에서 철저했다. 내가 초등학교 1학년 때부터 장작을 패게 했다. 형은 3학년, 도끼를 마음대로 휘두를 나이도 아니었다. 결이 고운 놈은 그래도 쉬운데 꼬인 장작은 징을 박아가며 한나절 씨름해야 겨우 쪼갤 수 있었다. 우리 형제가 끙끙거리고 있는 동안에도 아버지는 편안한 자세로 마루에서 신문을 보고 계셨다. 거들기는커녕 우리 쪽을 거들떠보는 일도 없었다.

이 점이다. 지금 생각해도 아버지의 그 배짱은 놀랍다. 어린것들이 발이라도 찍으면 어쩌려고……. 생각만 해도 아찔하다. 하지만 아버지는 일체 그런 내색이 없었다. 그건 당연히 너희들이 해야 하는 일이고 또 할 수 있다는 확신이 있었던 것 같다. 언 손을 불어가며 헉헉거리는 어린것들이 애처로워서도 그냥 그러고 버틸 수는 없었을 텐데, 우리 아버지의 배짱은 실로 놀랍다.

우리 형제 모두 혼자 힘으로 독학하고 온 세계에 흩어져 자기 길을 개척할 수 있었던 놀라운 독립심은 우리 집의 이런 분위기에서 비롯되었다고 확신한다. 누구도 거들어 주지 않았다. 제 갈 길은 제가 알아서 가야 했다. 그리고 겁 없이 잘들 했다.

요즈음 운동회에 가면 아이보다 부모가 더 열성이다. 백 번 양보해서 응원하는 것쯤 봐준다 치자. 아예 운동장에 뛰어나와 심판에게 항의하는 부모도 있다. 심판이 잘못했다 치자. 그래도 따져야 할 사람이 따로 있다. 시합에는 주장이 있고, 감독이 있다. 아무리 분통이 터지고 억울해도 여기는 부모가 나설 자리가 아니다. 이것도 교육이다. 혀를 깨물고라도 아이 앞에 심판 잘못을 운운해서는 안 된다. 억울해도 공식 심판의 판정에는 승복할 줄 아는 아이로 길러야 한다.

아이들 시합하는 사이를 비집고 들어가 제 아이 사진 찍느라 정신이 없는 엄마도 한둘이 아니다. 아이들이 엄마들에 걸려 배운 대로 운동을 할 수가 없다. 열이 틀리고 박자가 안 맞아 아이들이 당황해 어쩔 줄 모르는데 이 잘난 엄마들은 아랑곳하지 않는다. 저러고도 제 자식 잘되길 바라겠지.

수능 시험장에 따라가는 부모도 이게 정성인지 극성인지 나로선 분간이 안 된다. 데려다 주는 것까진 좋다. 하지만 데려다 준 이상 돌아와야 하는데 그게 아니다. 부모들이 진을 치고 교문을 가로막고 있으니 정작 수험생들은 길이 막혀 지각 사태를 빚기도 한다. 내 자식은 시간에 맞춰 들어갔으니 안심인 모양이다. 교문에 엿을 붙이고 절을 한다. 굿판이라도 안 벌리는 게 다행이다. 그러고 온종일 벌벌 떨며 기다리고 섰다.

그게 애를 위하는 길인 줄 알지만 천만에다. '잘 보고 와!' 자신 있게 어깨를 한 번 두드리는 것으로 족하다. 그 이상 다른 말은 필요 없다. 부모가 나를 믿고 있구나 하는 그 자신감이 입시불안에 쫓기는 아이에겐 좋은 정신치료제가 된다. 부모의 확신에 넘치는 태도가 아이를 안심시킬 수 있기 때문이다.

아무렴, 내가 따라가야지 아이가 안심하고 잘 치를 수 있을 게 아닌가? 아이는 그 고생하는데 나만 어떻게 편히 집에서 지낼 수 있나? 혹시 안 따라가면 아이가 섭섭하게 생각할는지 모른다. 관심이 없는 걸로 오해라도 하면 어쩌나?

걱정도 팔자다. 그래서 온종일 밖에서 죽치고 기다려야 한다면 바로 여기에 이 집의 문제가 있다. 평소에 당신이 아이들에게 어떻게 했길래 이런 걱정을 하게 되느냐 말이다. 아이를 못 믿고 있다는 증거다.

하긴 꼭 합격할 것이라고 믿기야 힘들지. 내가 하고 싶은 말은

최선을 다 할 것이라는 믿음이다. 평소 공부한 만큼의 실력을 유감
없이 발휘하고 그리곤 판정을 기다리는 당당한 자세를 말함이다.
그 점을 믿지 못하니까 아이보다 부모가 더 불안하고 덩달아 아이
까지 불안하게 만든다.

자식은 제왕이 아니다

자식이라는 이름 하나로 모든 게 수용되고 용서된다면 그 아이에겐 책임의식이 싹틀 수 없다. 혈연관계에도 책임이 있고 역할이 있다. 어버이로서, 자식으로서 그 사이에 이루어진 약속과 책임을 다해야 한다.

자식이라는 이름 하나로 모든 게 수용되고 용서된다면 그 아이에겐 책임의식이 싹틀 수 없다. 혈연관계에도 책임이 있고 역할이 있다. 어버이로서, 자식으로서 그 사이에 이루어진 약속과 책임을 다해야 한다.

사람의 평생은 인연의 연속이다. 이웃이라는 인연, 동창생이라는 인연, 크게는 나라, 우리 집 그리고 내가 쓰는 연필 한 자루와도 인연을 맺고 살아간다. 행운을 가져다 준 인연도 있고, 끔찍한 불행을 안겨 준 악연도 있다. 부부라는 인연도 잘못 맺어지면 불행해진다.

하지만 다행인 것은 이 모든 악연들은 우리 의지로 끊을 수 있다는 점이다. 한데 딱 한 가지 그렇게 안 되는 인연이 있다. 혈연관계다. 피로 맺어진 혈연, 이건 끊을 수가 없다. 세상에 원수덩이 자식이라도 자식인 이상 친자(親子)관계를 끊을 순 없다. 못나도 어버이, 못생겨도 자식이다.

우리나라에선 특히 이 혈연관계를 무엇보다 중시하기 때문에 가족이라는 응집력은 그 유례를 찾아보기 힘들다. 참으로 다행이다. 하지만 그 역기능, 부작용도 크다. 우리 집, 우리 가족만을 소중히 여기기 때문에 이웃이야 어찌 되었건, 나라 꼴이야 어찌 되었건 상관 않는다.

반사회적인 성격도 될 수 있는 게 가족이라는 집단의 맹점이다. 서구에는 쓰고 남으면 사회에 환원하지 자식에게 물려주지 않겠다는 이들이 많다. 돼먹지 않은 자식을 위해 쓰느니 똑똑한 이웃 아이를 도와주겠다는 게 그들의 사고방식이다. 우리는 죽어도 자식이다. 못났건 잘났건 자식인 이상 어떤 희생을 치르고서도 그를 위해 전력투구한다.

공부는커녕 어릴 적부터 싸우고 훔치고, 정학·퇴학당한 아이가 있었다. 또 다른 학교로 전학, 편입, 부정 입학…… 경찰에도 여러 번 불려 다녔다. 훔친 물건 배상해주고 싸움질한 뒤치다꺼리, 술집 외상값…… 끝내는 도박, 여자, 마약…… 돌이킬 수 없는 수렁으로 빠져들었다. 그래도 부모는 포기하지 않았다. 모든 잘못을 용서하고 덮어두기만 했다. 하지만 그럴수록 아이는 점점 깊은 수렁으로 빠져들어 갔다.

이 아이는 진작 정신병원으로 갔어야 했다. 아니면 일찍부터 보호감찰을 받아야 옳았다. 부모의 정으로 해결될 문제가 아니었다. 전문가의 도움이 필요했던 아이였다. 하지만 자식이라는 이름 하나 때문에 부모는 모든 희생을 감수하고 녀석의 회복을 위해 전심전력을 기울였다. 하지만 결과는 비참했다. 살림도 바닥났다. 결국 살인죄로 정신요양 감호소에 수감되었다.

인연이라면 악연이었다. 하지만 자식이라는 이름 때문에 핏줄을 끊을 수 없었던 것이다. 그래도 끊어야 했다. 눈물을 머금고 끊어야 했다. 끊지 못했기에 그로 하여금 더욱 깊은 수렁으로 빠져들게 한 것이다.

핏줄의 인연이라 아주 끊기 어렵다면 정신적 거리는 둘 수 있어야 한다. 그가 저지른 소행에 대한 책임도 그가 스스로 졌어야 옳았다. 그래야 그에게도 책임의식이 생겼을 것이다.

자식이라는 이름 하나로 모든 게 수용되고 용서된다면 그 아이에겐 책임의식이 싹틀 수 없다. 책임의식이 없으니 사회적 판단기준이 건전할 수가 없다. 모든 걸 부모에게 의존하는 수동적이고 나약한 아이밖에 되지 못한다.

한국 가정은 자식을 제왕 모시듯 한다. 오죽하면 '효부(孝父)', '효모(孝母)'라는 말이 나왔을까? 아이들은 손 하나 까딱하지 않아도 된다. 개망나니로 굴어도 자식이라는 이유 하나로 그저 귀엽기만 하다.

서구 가정에선 어림없는 일이다. 모든 가족에겐 각자가 맡은 일이 있다. 아이들에게도 나이에 맞게 주어진 책임부담이 있다. 우체통을 점검하는 일, 배달된 우유와 신문을 챙기는 일, 휴일엔 차를 닦는 일, 설거지를 돕는 일 등 각자가 맡은 책임이 있다. 이것은 가족 구성원의 한 사람으로서 지켜야 할 약속이다. 누구든 맡은 이상 군소리가 없다.

어릴 때부터 자기역할과 책임을 가르치는 일은 아버지의 일이다. 아버지가 먼저 나서야 한다. 집안일은 엄마에게 맡겨놓는 아버지를 보고 자란 아이는 집안일이 자신의 일이라는 생각을 하지 못한다. 아버지니까 집안일을 돕는다는 생각을 버리고 내 일이며, 우리 일이라는 생각으로 참여해야 아이도 저절로 따라온다.

이건 가족으로서의 기본적인 약속이요, 책임이다. 혈연관계에 계약관계를 접목시킨 셈이다. 핏줄을 나눈 사이라고 모든 게 용서되고 포용되어선 안 된다.

혈연관계에도 책임이 있고 역할이 있다. 우리는 서로가 어버이로서, 자식으로서 인정하면서 또 한편 그 사이에 이루어진 약속, 책임을 다하는 강한 의지의 힘이 필요하다. 이러한 자각이 있을 때 비로소 건전한 가족이 될 수 있는 것이다.

혈연보다 계약관계를 중시하는 서구가정이 꼭 건전한 것은 아니다. 하지만 자식이라는 이름 하나로 어떤 책임도 물어선 안 된다면 우리 가정도 건전한 것은 아니다.

연약한 세대

동기가 없으면 행동이 유발되지 않는다. 요구하는 대로 다 들어주다간 자칫 의욕을 상실케 하고 감동도, 기력도 없는 아이로 만들 수 있다. 이보다 부모가 저지를 수 있는 무서운 죄악도 없다.

나는 동물원을 싫어한다. 울 안에 갇힌 동물들이 측은해서다. 넓은 광야를 거침없이 달려야 할 야수들이 좁은 울에 갇혀 사람들의 구경거리가 되고 말았다. 울 안에 갇힌 사자를 보라. 불꽃을 뿜어야 할 그 눈엔 게으름과 졸음뿐이다. 서글픈 제 신세타령을 하고 있는 것도 같다. 무언가를 해보고 싶은 의욕도 없다.

동물원 사자 이야기를 꺼낸 건, 행여 우리 집에서 그런 나태한 사자 새끼가 자라고 있는 건 아닌지 살펴보자는 뜻이다. 무감동, 무의욕, 무기력 ─ 이것은 현대 젊은이의 소외 증후군의 3대 증상이다. 선진부국의 사회적 고민거리로 등장한 이 문제가 우리나라에도 상륙한 지 한참 되었다.

별 하는 일 없이 빈둥거린다. 대학은 물론 석사, 박사까지 따놓고도 취업을 안 한다. 무슨 일이든 해보고 싶은 의욕이 없기 때문이다. 그러니 하려고 해도 할 수 있는 기력이 생길 리 없다. 취업을 해도 쉽게 옮긴다. 결혼을 해도 쉽게 이혼하고 아이도 갖지 않는다. 너무 나약해 작은 불편도 참지 못하기 때문이다.

안 해도 답답할 것 없고 무슨 일에도 감동이 없다. 모든 게 그저 시시하고 그저 그렇다. 관심이 없다. 이런 모습이 꼭 울안에 갇힌 사자와 같다. 전혀 야성(野性)을 찾아볼 수 없다.

밀림의 맹수를 보면 전혀 다른 두 모습이 있다. 배고플 땐 눈에 불빛이 흐른다. 호시탐탐, 먹이를 찾아 나서는 온몸엔 긴장이 감돈다. 사냥이 시작되면 혼신의 힘을 다한다. 천지를 뒤흔드는 포효와 함께 먹이를 향해 덤빌 적엔 그야말로 번개 같다.

이 순간의 모습은 배불리 먹고 난 후에 한가로이 누워 낮잠을 즐기는 사자와는 전혀 다르다. 적당히 굶주린 사자라야 사냥을 위한 공격 중추가 자극되고, 그래야 비로소 사자로서의 용맹스런 면모를 드러내는 것이다.

불행히 동물원의 사자에겐 이게 없다. 사냥할 필요가 없다. 경계를 해야 할 필요조차 없으니 할 일이라곤 게으른 낮잠뿐이다. 모자라야 움직인다. 이것은 사람이라는 동물에게도 똑같이 적용된다. 인간에게도 동기가 없으면 행동이 유발되지 않는다. 배가 고파야 먹을 걸 찾아 나서고, 성적인 욕구가 생겨야 이성을 찾게 된다. 따라서 움직이지 않고도 모든 게 충족된다면 활동할 필요가 없어진다.

모든 걸 다 갖추었으니 손에 넣으려는 노력을 할 필요가 없고, 또 손에 넣었다고 좋을 것도 없다. 한마디로 매사에 의욕이 없어진다. 부유층 부모라면 특히 경계할 일이다. 모든 걸 다 가져보고, 다 해봤으니 더 이상 이들을 기쁘게 해줄 수 있는 게 없다. 세 발 자전거에 밤잠을 설쳤던 흥분도 이젠 만성이 되어 자동차를 사줘도 시큰둥이다. 제주도만 가도 흥분했던 아이가 이젠 미국, 유럽 여행도 시큰둥이다. 이것이 풍요가 주는 비극이다. 요구하는 대로 다 들어주다간 자칫 의욕을 상실케 하고 감동도, 기력도 없는 아이로 만들 수 있기 때문이다.

잘 살게 될수록 우리를 기쁘게 해줄 수 있는 일들은 줄어들고 있다. 잘 살게 될수록 요구 수준이 높아진다. 그리고 그마저 다 충족이 되면 다음에 오는 건 권태요, 무감동이다.

있다고 다 주면 안 된다. 강한 투지, 강한 의욕을 앗아가기 때문이다. 약간은 굶주린 아이의 행동이 민첩하다. 배불리 포식하고 난 후에 운동을 해본 사람이면 알 것이다. 모든 게 둔하다. 투지도 약해진다. 인간은 한 가지 본능이 충족되면 다른 본능도 일시적으로 줄어들기 때문이다. 뭐니 뭐니 해도 사람을 나태하게 만드는 건 부(富)다.

요즈음 일부 가정에선 이미 동물원 사자 새끼가 자라고 있다. 잘 사는 집만도 아니다. 형편이 넉넉지 않아도 아이가 원하는 거라면 무조건 사주는 집도 결과는 마찬가지다. 아이들이 기가 죽을까봐 걱정이라는 부모도 있다. 다른 아이들은 다 갖고 있는데 우리 아이만 없다면……. 그 이유 하나만으로 당신 아이가 기가 죽을 정도로 키워 놓았다면 해줄 수밖에 없다. 다만 황새 쫓다 뱁새 다리 찢어지는 꼴은 안 나야 한다.

재수생에게 생일날 자가용을 사준 아버지가 있다.

"그 정도야 어때요? 만원 버스에 시달려 피곤해 공부가 안 된다는데 어떡해요?"

내가 묻지도 않는데 아버지는 자신을 변명하느라 땀을 흘린다. 하긴 그 정도야 괜찮을지 모른다. 누구도 여기가 한계라고 선을 그을 순 없다. 아이들 요구를 어디까지 들어줘야 하느냐? 이 문제가 어려운 것도 그래서다. 형편이 되는데도 안 해 주다간 오히려 아이들 반발을 살 수도 있다. 이 역시 현실적인 문제다.

하지만 여기에도 원칙은 있다. 자신의 판단으로 이것은 안 된다 싶으면 분명히 안 된다고 해야 한다. 아이가 뭐라든 교육적으로 안 된다 싶거든 단호히 거절해야 한다. 그럴 수 있으려면 평소의 자신의 판단이 상식선에서 건전해야 한다. 그래야 아이들이 믿고 따른다. 우선은 불만이라도 아버지의 결정이므로 참고 돌아선다. 울안의 사자보다야 그래도 반발하는 아이가 낫다. 당장은 좀 골치가 아프겠지만 말이다.

기쁨이 없는 삶, 이건 죽음이다. 처방은 한 가지, 하찮은 것에도 감격하고 기뻐할 수 있는 섬세한 감성을 길러야 한다. 그게 저녁노을일 수도 있고 밤하늘의 별일 수도 있다. 길에 핀 야생화 한 송이일 수도 있고 둘이서 빚은 만두 한 접시일 수도, 내 발을 튼튼히 지켜주는 신발 한 켤레일 수도 있다.

삶에의 잔잔한 기쁨. 우리에게 이 순간을 갖게 해준 모든 이에게, 자연에게, 창조주에게 따뜻한 감사의 마음이 생길 것이다. 생명에의 외경심이 절로 우러난다. 이런 순간이 삶을 소중하고 풍요롭게 해준다.

난 이것이 영적인 감성이라 생각한다. 이런 상태가 영적인 충실감, 영적인 안녕이다. 굳이 종교적인 심성을 염두에 두고 하는 이야기가 아니다. 우리 일상에서 가질 수 있는 잔잔한 감동이면 된다.

✚ Brain

세로토닌은 행복 호르몬

뇌 속에는 많은 신경전달물질이 있지만 가장 중요한 것은 세로토닌이다. 인간은 보행, 씹기, 호흡 같은 본능 충족을 위한 리듬운동을 할 때 가장 즐겁고 행복하다. 이때 분비되는 게 본능 호르몬 또는 행복 호르몬이라 불리는 세로토닌이다. 세로토닌은 일정량 이상 넘치는 일이 없어서 중독으로 이어지지 않는다.

환희의 절정, 흥분의 도가니, 벅찬 감동의 순간에는 엔도르핀이 쏟아진다. 하지만 잔잔한 감동에는 세로토닌이 분비된다. 그래서 행복 호르몬이라고 하는 것이다. 우리 삶에는 벅찬 감동도 중요하지만 일상의 소소한 것들에 감동할 수 있어야 행복을 누릴 수 있다.

또한 감동은 감정에서 끝나는 것이 아니라 대뇌 신피질과 전두엽에도 강력한 영향을 미친다. 그래서 감동 후엔 무언가를 결심하고 행동하게 된다.

우리 인생에 감동이 없다면, 즐거움이 없다면 그게 무슨 삶이랴. 세로토닌은 생명력이요, 활력이요, 행복이다.

●　●　●

아이는 아버지와 대결하며 자란다

　여자 아이도 그럴 때가 있긴 하지만 특히 사내아이의 경우 아버지와 언젠가는 한 번 큰 고비에서 맞부딪쳐야 할 때가 있습니다. '하겠다'와 '안 된다'와의 대결입니다. 마치 OK목장의 결투처럼 사나이와 사나이의 대결장입니다. 어쩌면 그게 처음이요, 마지막일지도 모릅니다. 언제 닥칠지 모르지만 한 번은 반드시 옵니다.

　'안 된다'는 아버지의 최후 판단이 분명히 선 이상 결론은 아주 분명해야 합니다. 물론 아이도 만만하진 않을 것입니다. 가출을 하겠다느니, 학교를 그만두겠다며 협박을 할 수도 있습니다. 하지만 뭐라 해도 안 되는 것은 안 된다고 해야 합니다. 바위처럼 흔들리지 말고 버텨야 합니다.

　대학에 들어간 아들이 차를 사달라고 했습니다. 학교를 가려면 세 번씩 차를 바꿔 타야 하니 피곤해서 공부가 안 된다는 것이었죠. 이럴 바에야 차라리 학교를 그만두는 편이 낫겠다는 게 아들의 말이었습니다. 아내를 통해 이 말을 들은 아버지가 아들을 불렀습니다.

　우선 아들의 애로점을 자세히 들었습니다. 그리고 난 후 차분히 자기가 하는 일이 무엇이며 집안의 수입, 지출을 상세히 설명했습니다. 세 번 바꿔 타야 하는 일이 얼마나 힘든 일인가는 아버지도 잘 알고 있습니다. 그도 두 번을 갈

아 타고 가기 때문이죠. 그러나 자기는 30분 일찍 출근함으로써 차 타기가 한결 수월해졌다는 이야기도 했습니다. 여러 가지 타협점을 제시했으나 실패였습니다. 결국 차를 사주느냐, 안 되느냐 하는 원점으로 돌아왔습니다.

충분한 설명이 되고 이해도 되었음직 한데 아들은 막무가내였습니다. 사정을 뻔히 알면서 이런 억지를 쓴다는 건 아버지로서 용납될 수 없는 일이었습니다.

"차는 안 돼! 그리고 학교는 계속 다녀야 돼!"

아버지의 최후통첩이었습니다. 아들 녀석은 벌떡 일어나 제 방으로 갔습니다. 꽝 하며 문 닫는 소리가 요란하더니 벽에 머리를 부딪치는 건지 쿵쿵 소리가 한참 들리고 음악소리가 천장을 울렸습니다. 엄마가 걱정이 되어 가보려는 걸 아버지가 말렸습니다.

"압력솥에 김빠지는 소리니까 그냥 놔두라고."

밤중까지 그러더니 잠잠해졌습니다. 이튿날 아이는 계면쩍은 얼굴로 아침을 먹고는 학교로 향했습니다.

나는 이 아버지를 존경합니다. 그가 아들의 심리를 얼마나 잘 읽고 있었는지는 몰라도 이런 경우 아버지로서 해야 할 일을 완벽하게 잘했다고 생각합니다.

아들의 애로점을 듣고 인정했다는 점도 훌륭했고, 자기 수입을 소상히 알려주고 이해를 구했다는 점, 절충책을 찾으려고 대화를 했다는 점, 그리고 최후에 안 된다는 판단이 선 순간 한 발짝도 물러서지 않았다는 점입니다. 그리고 또 한 가지 칭찬할 점은 차는 안 되지만 학교는 가야 한다는 것을 강조했다는 점입니다.

이 아버지는 끝까지 이성을 잃지 않았습니다. 보통 아버지라면 "차 없어 학교를 못가겠어? 그럼 때려 치워라"라고 홧김에 말할 수 있습니다. 그러면 녀석도 '그래, 때려치우자'라고 생각할 수 있습니다. 끝까지 안 될 것은 안 되고 할 것은 해야 한다는 아버지의 결단이 흔들리지 않았다는 점을 높이 평가합니다.

'너무 융통성 없는 것 아닌가'라고 의문을 갖는 아버지도 있을 것입니다. 하지만 거기엔 그래야 할 분명한 이유가 있습니다. 사내아이들은 때론 이렇게 강한 아버지와 맞부딪쳐 보고 싶은 충동을 갖고 있습니다. 강력한 부성(父性)과의 대결을 희구하는 것이죠. 비록 무의식적이긴 하지만 이러한 욕구는 자기 한계를 또는 아버지의 한계를 시험하기 위한 몸부림입니다.

또한 강한 남성으로서의 존재를 확인하는 작업으로서도 중요한 의미를 갖고 있습니다. 흔들리기 쉬운 자기 통제의 확인작업이기도 합니다. 10대 후반의 아이들은 감당할 수 없는 성적, 공격적 충동과 자칫 자기 통제를 잃을 것 같은 불안에 휩싸입니다. 이때 필요한 게 강력한 아버지입니다. 겉으로는 반항하지만 사실은 강한 아버지가 자기를 완전히 통제해주길 바라고 있습니다.

자기 방에 들어가 얼마간 혼자 벌이는 소란도 따지고 보면 터질 것 같은 충동이 발산되는 시간입니다. '압력밥솥에 김빠지는 소리'라고 한 아버지의 표현이 인상적인데, 그 아들은 오히려 홀가분해졌을 것입니다.

이런 심리적 특성을 이해 못하고 아들의 협박에 못 이겨 차를 사주었더라면 어떻게 되었을까요? 그는 아마 아버지에 실망한 나머지 폭주족이 되었을지 모를 일입니다.

아이는 소유물이 아니다

MENTORING 아버지의 집착

자신의 기준을 아이에게 강요해서는 안 된다.
아이에게도 나름의 인생관이 있다. 그걸 인정하고 받아들여야 하는 게 부모의
책임이다.

야단치기 전에 참고 기다려라.
아이들의 정화능력을 믿어야 한다. 사사건건 부모의 설득, 간섭, 꾸중으로 모든
문제가 해결될 것이란 생각은 금물이다. 아이들은 실수를 통해 성장한다.

아이의 말대꾸를 받아들여라.
제 의견을 말하는 것을 말대꾸나 반항으로 몰아가서는 안 된다. 이는 자기 생각
을 있는 그대로 표현할 수 있을 만큼 성장했다는 증거다.

체벌할 때는 감정을 자제하라.
체벌을 할 때는 추호의 감정 개입이 있어선 안 된다. 위엄 속에도 따뜻한 애정이
전달되어야 한다.

아이는 아이의 인생을 산다

아이에겐 아이의 인생이 따로 있다. 그건 어떤 형태로든 조작되어서는 안 된다. 어떤 인생을 살 것인가는 전적으로 아이의 선택이다. 당신이 생각하는 틀을 미리 짜놓고 아이를 그 속으로 몰아넣으려 하면 문제가 생긴다.

"자식 마음대로 안 돼."

많은 부모들이 하는 소리다. 애초부터 부모 뜻대로 따라 주지 않는 아이도 있고, 따르되 부모 뜻만큼 되지 못하는 아이도 있다. 어느 쪽이든 속상하긴 마찬가지다. 하지만 당신이 진정 이 문제 때문에 고민을 하고 속상해한다면 부모로서의 자질에 문제가 있다는 증거다.

왜 아이가 당신 뜻대로 따르지 않는가부터 생각해보자. 저놈이 커서 의사가 되었으면, 판사가 되었으면 하는 막연한 기대를 해보는 것까진 좋다. 다만 그걸 아이에게 표현해선 안 된다. 그건 윤리적으로도 용납될 수 없는 일이다.

살인죄로 소년원에 복역 중인 아이가 있었다. 이 아이의 문제는 아버지의 노이로제에서 비롯되었다. 이 아버지는 어릴 적부터 동네 아이들의 놀림감이었다. 그의 어린 시절은 울분으로 가득 찼었다. 그는 어떤 일이 있더라도 제 자식만은 이런 설움을 겪게 해선 안 된다고 생각했다.

걸음마를 시작하면서 아들을 태권도장에 데려갔다. 절대로 얻어맞는 아이로 키우진 않겠다는 일념에서였다. 공부도 뒷전, 아이는 시키는 대로 열심히 운동했다. 하지만 워낙 소질이 없었던지 가끔 얻어맞고 들어오는 일이 있었다. 아들 녀석도 억울했던지 얼마간 씩씩거렸지만 곧 아무 일 없었던 것처럼 평상시로 돌아갔다. 싸우다 보면 맞을 때도 있다는 게 아들의 태평스런 대꾸였다. 아버지는 그런 태도가 불만이었다.

"이놈아, 너는 속도 없어? 얻어맞고 들어와서 어떻게 밥이 넘어가니? 억울하지도 않아? 맞긴 왜 맞아? 그 골목엔 돌도 없더냐? 칼은 뒀다가 어디다 쓰려고 그러냐?"

믿기지 않겠지만 이게 아버지가 중학생 아들을 불러 앉혀놓고 한 소리다. 다시 생각해보니 억울한 것도 사실이다. 아들은 풀었던 분노를 다시 끓어 올렸다. 어떤 경우에도 맞아서는 안 된다. 맞은 이상 복수를 해야 한다는 아버지의 그 비뚤어진 기준이 결국 아이를 소년원으로 몰아넣은 것이다.

　아이에겐 아이의 인생이 따로 있다. 그건 어떤 형태로든 조작되어서는 안 된다. 어떤 인생을 살 것인가는 전적으로 아이의 선택이다. 그가 인격적으로 반사회적인 패륜아가 되지 않는다면 어떤 인생을 살든 그것도 아이의 선택이요, 아이의 책임이다. 누구도 이를 침해할 권리는 없다. 부모도 물론이다. 아이의 자발적인 선택에 맡겨야 한다.

　당신이 생각하는 틀을 미리 짜놓고 아이를 그 속으로 몰아넣으려 했기에 문제가 생긴 것이다. 아이가 반발할 수도 있다. 그냥 풀어놓고 키웠다면 철이 들면서 보이지 않는 가정환경의 영향으로 아이는 자연스레 따랐을지도 모를 일이다.

　짐승을 키우는 데는 두 가지 방법이 있다. 들에 마음대로 풀어놓고 기르는 방목이 있고, 일체의 자유가 용납 안 되는 울 안에서 기르는 방법도 있다. 울 안에 가두어 키우면 관리하긴 쉽다. 방목처럼 위험도 적고 안전하다. 하지만 울 안에 갇힌 짐승은 기회만 있으면 뛰쳐나가려 한다. 그러나 들에 풀어놓은 짐승은 주인이 나가면 졸졸 따라 온다.

　아이들은 구속을 싫어한다. 어디에든 얽매이는 걸 싫어한다. 좋은 것도 부모가 하라면 안 하는 묘한 특성을 갖고 있다. 반항하고 반발하는 건 청소년의 특징이다. 그걸 안다면 짜인 틀에 넣어 키울 생각은 말아야 한다.

아이의 진로에 관한 한 방목이 원칙이다. 테니스 선수로 기르고 싶은 것까지는 좋다. 아이를 테니스 코트에 데려가고 테니스에 초청하는 것까지도 좋다. 하지만 부모들이 하는 걸 지켜보게 하면서 그의 반응을 살펴보되, 그 이상은 안 된다. 테니스가 좋다면, 그리고 재능이 있다면 고기가 물을 만난 듯 뛰어들 것이다.

아이는 나름의 인생관이 있다. 아버지 세대와는 가치관도 다르다. 행복의 의미도 다르고 성공적인 인생의 뜻도 전혀 다르다. 아버지와는 개성도 다르다. 희망사항도 다르다. 같을 수도 있지만 같지 않을 가능성이 더 크다. 그걸 인정하고 받아들이는 게 부모의 책임이다. 아니 이건 모든 인간이 지녀야 할 기본적 덕목이다. 상대의 인생관, 가치관을 존중한다는 건 인간으로서 지녀야 할 기본적인 자세다.

불행히 이게 잘 안 되는 게 아버지 입장이다. 자기와 다르다는 이유 하나 때문에 아이의 인생관을 인정하려 들지 않는다. 해서 마찰이 일어난다. 그리곤 한다는 소리가 '자식 마음대로 안 된다'는 탄식이다.

이건 월권이다. 비윤리적이요, 부도덕한 짓이다. 아이는 나온 순간부터 제 인생 그림을 제 손으로 그려간다. 부모의 영향도 물론 받는다. 다만 조작이나 강요를 해선 안 된다는 뜻이다. 붓을 빼앗아

대신 그려줄 생각은 말자는 거다. 자식은 마음대로 되지 않는다. 또 되어서도 안 된다.

아버지의 뜻이 어디에 있든 아이는 아이의 인생을 살 것이다. 그게 자신 있게 사는 길이다. 개성이 강한 아이다. 마음대로 안 된다고 부모는 한탄하겠지만 아이 입장에선 축복 받을 일이다. 강하고 자신 있는 아이로 잘 키웠다는 증거다. 아버지의 뜻에 반해 나름의 길을 걸었다는 건 분명한 개성이 살아있기에 가능했던 일이다. 탄식할 것 없다. 자식 잘 키웠다고 긍지를 가질 일이다.

자식 마음대로 안 되는 또 하나의 이유는 역시 적성과 능력의 차이다. 아버지 기대에 영 못 미친다는 데서 오는 탄식이다. 조금만 더 노력하면 잘할 수 있는 아이라고 믿고 있는 게 부모 마음이다. 자식은 제 자식이 커 보이고 벼는 남의 벼가 커 보인다. 부모 눈엔 능력 있는 아이로 보인다. 다만 게을러서 노력을 하지 않는다고 생각한다. 그래서 채찍질을 가한다. 불행히 그 이상 빨리 뛸 능력이 없다는 사실을 모르고 있다. 결국 쓰러진다. 아버지의 과욕이 빚은 비극이다.

야단이 습관인 부모

습관적으로 야단치는 부모가 있다. 아이들 걸음걸이 하나에도 이래라 저래라 한마디 해야 직성이 풀리는 사람이 있다. 내 충고는, 한마디 하고 싶을 때마다 참으라는 것이다. 좀 시원찮아도 참고 기다려 주는 게 먼 훗날을 위해 현명하다.

유달리 별난 아이들이 있다. 떠들고, 부수고, 설쳐대는 통에 난리 난 집안처럼 정신이 없다. 거기다 부모의 고함까지. 하지 마라, 안 된다, 시끄럽다, 조용히……. 아주 혼이 나갈 지경이다. 하지만 그런 명령이 오래 갈 리 없다. 아이들은 잠시 후 또다시 아수라장을 만든다. 이게 안 통하는 줄 번연히 알면서도 매일 똑같은 공방이 되풀이된다. 나중엔 부모의 고함쯤 아주 면역이 되어 전혀 효과가 없다.

이런 공방전은 철이 제법 든 청소년기까지 연장된다. 양식은 달라지겠지만, 별 효과도 없는 꾸중의 남발은 변함없다. 밤늦게까지 음악을 크게 틀고, 아침엔 늦잠이다. 일찍 자거라, 그만 일어나거라, 학교 늦겠다, 아침 먹어라……. 이게 발전되면 이유 없는 조퇴, 결석, 늦은 귀가, 다음은 술, 담배로 넘어간다.

타이르기도 하고 야단도 치지만 언제나처럼 효과는 없다. 아주 어릴 적부터 그렇게 해왔기 때문이다. 이젠 속수무책이다. 부모로서 한계를 느낀다. 그렇다고 저대로 둘 수도 없으니 참으로 난감한 지경에 빠진다. 왜 이 지경에 이르렀을까? 진단은 간단하다. 꾸중을 남발했기 때문이다. 그래서 면역이 되어버린 것이다.

거의 습관적으로 야단치는 부모가 있다. 아이들 걸음걸이 하나에도 이래라 저래라 한마디 해야 직성이 풀리는 사람이 있다. 내 충고는, 한마디 하고 싶을 때라도 참으라는 것이다. 열까지 참고 기다려 봐라. 조용히 하란다고 조용해질 아이가 아니다. 아이들은 생리적으로 조용해질 수가 없다.

아이들을 키운다는 건 마치 서커스 구경하는 거나 같다. 지켜보기에도 아슬아슬하고 조마조마하다. 이제라도 곧 실수를 저지를 것 같다. 다음 순간 문제라도 일으킬 것 같다. 실수도 물론 한다. 하지만 한 걸음 뒤로 물러서 조용히 지켜볼 수 있어야 한다. 큰 실수나 하지 않나, 큰 문제를 일으키지나 않나 멀리서 그러나 가깝게 지켜봐야 한다. 때론 공중서커스의 위험한 곡예도 펼칠 것이다. 그럴 땐 밑에서 안전망을 여물게 펴들고 지켜봐야 한다.

실수도 있겠지. 하지만 그런 작은 실수를 통해 아이들은 배우고 성장한다. 좌절도 하고 마음의 상처도 받을 것이다. 그러나 그건 값진 교훈이다.

아이들의 행동이 크게 궤도를 벗어나지 않는 한 그냥 둬야 한다. 아이들에겐 그런 잠시의 일탈을 통해 스릴을 느끼고, 그게 곧 꽉 짜인 스케줄에서 탈피, 스트레스 해소에 도움이 된다. 아이들은 항상 규제에서 벗어나고 싶어 한다. 그게 때로는 반항이라는 형태로 나타난다. 멀쩡한 옷을 찢어 입고 다니는 녀석도 있다. 바짓가랑이도 한 쪽만 잘라 입고 다닌다. 머리는 또 그게 뭐고. 여자 아이가 오빠 잠바를 걸치고 나가고……. 좋게 보면 자유분방이고 나쁘게 보면 저러다 날라리나 되는 게 아닌지 불안하다.

이럴 때 부모가 조심할 게 있다. 참아야 한다는 거다. 한마디 하고 싶어도 참아야 한다. 아이를 키우다 보면 싫어도 참아야 할 일이 있다. 비록 내 마음에 들진 않아도 참고 넘겨야 할 일이 있다. 이걸 잘 판단해야 한다.

시대에 뒤떨어지느니 보수적이니 옹고집이니 하는 소리쯤은 그래도 괜찮다. 아예 아버지와는 대화를 않겠다고 하거나 반항할 수도 있다. 그런 일에까지 이래라 저래라 간섭, 꾸중하다간 정말 꾸중을 해야 할 일에 권위를 잃게 되는 것 또한 문제다.

참고 기다려라. 스스로 판단하고 스스로 그만둘 때까지 기다려야 한다. 그게 참교육이다. 아이들은 문제투성이다. 아니 문제가 있는 게 정상이다. 이해 못할 구석도 많다. 해서 청소년을 '정상적인 정신 분열증'이라고 부르는 학자도 있다. 작고 큰 문제점을 안고 있는 그 자체가 곧 청소년이다. 그리고 신기하게도 아이들은 그 많은 문제들을 스스로 해결해낼 수 있는 자정능력을 갖추고 있다.

아이들의 이 정화능력을 믿어야 한다. 물론 어른의 도움이 필요할 때도 있다. 그렇다고 사사건건 부모의 설득, 간섭·꾸중으로 모든 문제가 해결될 것이란 생각은 금물이다. 아니 그런 태도가 오히려 아이들의 자체 해결 능력을 위축시킬 수도 있고, 때론 문제를 더 복잡하고 어렵게 만들 수도 있다.

경험이 없는 아이들이라 문제를 푸는 게 쉽진 않을 것이다. 피하기만 하는 아이도 있고 우격다짐으로 풀려는 아이도 있을 것이다. 실수도 있고 때론 당황, 불안에 휩싸일 때도 있다. 어른의 슬기와 경험이 필요할 때도 있다. 단 도움을 주는 데는 인색해야 한다. 좀 시원찮아도 참고 기다려 주는 게 먼 훗날을 위해 현명하다는 사실을 한 번 더 강조해둔다.

실수가 아이들의 본질이다

일을 저지르고 설쳐대는 통에 온 집안이 수라장이 되는 경우도 있다. 그렇다고 해서 지나친 꾸중이나 간섭, 제재를 함으로써 아이의 기질을 죽여선 안 된다. 아이들은 실수할 권리가 있다.

타고나면서 그런 아이가 있다. 아무데나 잘 나서는 아이, 호기심이 많고 아무 일에나 잘 덤비고 겁이 없는 아이, 일을 잘 저지르는 아이, 아무 집에나 잘 가고 낯선 아이와 쉽게 잘 어울리는 아이, 생각보다 행동이 앞서는 아이, 항상 바쁜 아이……

이러다 보니 심부름도 깜빡 잘 잊고 주의가 산만하다. 실수도 잘하고 실패도 많다. 그러나 오래 마음에 두지도 않는다.

그런가 하면 아이에 따라서는 햄릿처럼 생각이 많고 신중한 아이가 있다. 걱정이 많고 우수에 잠겨 있다. 무슨 일을 해도 함부로 덤비지 않는다. 치밀한 계획과 사전준비를 완벽하게 한다. 따라서 행동은 적지만 대신 실수나 실패가 적다. 조심성이 많고 의심이 많아서 친구도 별로 없다.

돈키호테와 햄릿. 댁의 아이는 어느 쪽인가? 어느 쪽이든 다 좋다. 혹은 그 중간이라도 좋다. 사회는 여러 유형의 사람을 요구하기 때문이다. 기상천외한 아이디어를 내는 사람도 필요하고, 신중한 검토를 거쳐 그 의견에 반대하는 사람도 있어야 한다. 개혁파와 보수파의 중간인 중도파도 많아야 사회가 안정될 수 있다.

회사의 인적 구성도 마찬가지다. 과감한 사람, 신중한 사람, 온건파·과격파, 여러 형의 사람이 모여야 하는 곳이 회사다. 보수파만 있어도 회사는 정체되고 혁신파가 너무 많아도 회사가 안정을 잃는다. 중도파가 견제 세력으로 있으면서 혁신, 보수가 적당한 비율로 있어야 안정과 발전을 동시에 꾀할 수 있게 된다.

겁 없는 돈키호테형, 신중한 햄릿형, 어느 쪽이 좋으냐는 질문은 우문이다. 설령 부모인 당신이 어느 쪽이 좋다고 해도 아이를 그런 방향으로 키워볼 생각은 말아야 한다. 이러한 기질의 차이는 거의가 타고나기 때문이다.

그러므로 이를 인위적으로 바꾸거나 조작하려는 생각은 금물이다. 타고난 대로 키워야 한다. 다만 양쪽 기질의 장단점이 적절히 보완될 수 있도록 하는 배려에서 끝나야 한다.

일을 저지르고 설쳐대는 통에 온 집안이 수라장이 되는 경우도 있다.

그렇다고 해서 지나친 꾸중이나 간섭, 제재를 함으로써 아이의 기질을 죽여선 안 된다. 돈키호테형을 실수가 많다고 실수 공포증으로 만드는 우를 범해선 안 된다. 아이들은 실수할 권리가 있다. 어떤 아이에게도 이 권리만은 인정해줘야 한다. 작은 실수에도 호된 질책이 뒤따른다면 아이의 행동은 급격히 줄어든다. 아이는 매사에 자신을 잃고 의기소침해질 것이다. 그릇 하나 깼다고 아이 마음까지 깨서야 될 일인가.

아버지의 설교, 훈화는 짧아야 한다. 한두 마디로 짧게 해야 아이들 가슴 깊이 와 닿는다. 그리고 여운이 길게 남는 말이어야 한다. 당장 못 알아들어도 좋다. 아버지가 왜 그런 말을 하셨을까? 계속 그 말을 곱씹으면서 자기 나름의 뜻을 찾아낸다. 여운이 길고 파장이 클수록 가슴 깊이 와 닿는 법이다.

많은 부모들은 길게, 자세히 설명해야 메시지가 확실히 전달될 것으로 믿고 있다. 하지만 효과는 정반대일 수도 있다. 설교가 길어지면 아이들은 이미 그 소리가 그 소리려니 하고 아예 귀담아 들을 생각을 않는다.

듣는 척할 뿐 마음은 딴 데 가 있다. 그래도 계속하면 아이들 머리는 부정적인 반응으로 가득 차게 돼 짜증만 나고 오히려 저항하거나 반항하게 된다.

특히 부모 자신이 조용한 햄릿형 성격이면 아이들의 돈키호테형

기질을 견뎌내기 힘들다. 온종일 조용히 하라고 전쟁이 일어난다. 타이르기도 하고 때리기도 한다.

어느 대학 교수 아버지는 매일 아침저녁, 아이에게 1시간의 명상 시간을 갖게 엄명을 내렸다. 워낙 설치는 아이라 좀 차분한 면을 길러야겠다는 생각에서였다. 골목 밖에선 친구들이 떠들며 자기 이름을 불러대는데 눈을 감고 명상을 한다는 건 이 아이에겐 형벌치고는 너무 가혹한 것이었다.

어느 날 아이는 눈을 감은 채 졸도했다. 응급실에 와서도 영 눈을 뜨지 않았다. 병실에서도 그는 일체 입을 열지 않았다. 온종일 복도를 왔다 갔다 하는 게 그의 일과였다. 그것도 같은 길을 따라 오갔다.

똑같은 일만 되풀이하는 전형적인 상동증 증세를 보인 것이다. 이것은 겁에 질린 사람이 똑같은 짓을 되풀이함으로써 자신을 보호하려는 일종의 호신술이다. 새로운 행동을 했다간 야단을 맞을지도 모르니 안전한 행동만 되풀이하는 것이다.

이 아이가 겨우 입을 열게 된 것도 한참 후의 일이었다. 그나마 앵무새 증후군이었다. 이름이 뭐냐고 물으면 대답 대신 자기도 '이름이 뭐냐'고 그대로 반응한다. 전문용어로는 반향언어증이라 부르지만 이 역시 행여 실수나 하랴 겁을 집어먹은 나머지 상대가 한 말을 그냥 흉내를 내는 것이다. 그것이 안전하기 때문이다. 잘못돼도 내 책임이 아니다. 난 그저 따라 했을 뿐이니까.

　이런 증상들이 실수 공포증의 극단적인 예다. 설치는 아이에게
지나친 간섭이나 꾸중을 하면 아이들은 행여 실수라도 하면 어쩌랴
싶어 겁을 집어먹는다. 행동이 위축되고 무슨 일에든 과감성이 결여
된다. 어른 눈치 보느라 주저하기만 하고 행동으로 옮기지 못한다.

　설마하니 당신이 아무리 신중파라 해도 아이를 실수 공포증으로
만들고 싶진 않을 것이다. 아이들은 원래 실수 뭉치요, 사고덩이다.
그것이 아이들의 본질이요, 본성이다. 신중한 아이도 예외는 아니다.

　하긴 어른이라고 실수를 안 하나? 따지고 보면 그것이 인간의 본
성인지도 모른다. 자란다는 건 그 실수를 최소한으로 줄여 가는 과
정이다. 그것은 많은 경험과 실수에서 얻는 교훈으로 가능해진다.

　아이들의 실수할 권리를 인정하고 받아들여야 한다. 너무 실수
없이 키우려고 하지 마라. 내가 참으로 불행히 생각하는 것은 도시
일수록, 잘사는 집일수록 아이들에겐 '안 돼!'가 많다는 점이다. 고
급 가구 근처에 가도 안 돼! 오디오를 만져도 안 돼! TV도 안 돼! 떠
들면 안 돼! 모든 게 '안 돼!' 뿐이다. 아이들은 그저 조심, 긴장 일색
이다.

　시골에서 마음껏 뒹굴며 거리낌 없이 뛰노는 아이와는 너무나
대조적이다. 거기엔 안 돼가 없다. 모든 게 자유롭다. 거침없다. 안방
이고 앞뜰이고 산과 들이 모두가 아이들 차지요, 아이들 세상이다.

큰 인물이 되려면 어릴 적 시골에서 자라야 한다는 뜻도 여기 있다. 도시 아이들은 방학 때만이라도 시골에 보내야 한다. 시골 아이들은 도시로 보내고. 요즈음은 그런 교환 프로그램도 많다. 한 번쯤 생각해볼 일이다.

반항, 이유 있는 항변

제 의견을 말하는 것을 말대꾸나 반항으로 몰아가서는 안 된다.
이는 자기 생각을 있는 그대로 표현할 수 있을 만큼 성장했다는
증거다. 긍정적으로 볼 수 있는 아량이 필요하다.

어제까지만 해도 착하고 고분고분하던 아이의 태도가 갑자기 반항적으로 변했다. 물어도 시큰둥한 표정만 짓고 제 방으로 들어간다. 조금만 수틀리면 문을 쾅 닫는 통에 온 식구들 가슴이 철렁한다. 뭐 때문에 화가 났는지 영문을 알 수 없다. 말씨도 불손하고 때론 말대꾸도 서슴지 않는다. 귀가 시간도 늦어진다. 왜냐고 물어도 시원한 대답이 없다. 처음 당하는 부모로선 참으로 당황된다.

다시 불러 따져 볼까? 야단을 칠까? 때려줄까? 저걸 그냥 둬야 하나? 도대체 저 애가 왜 갑자기 변했을까? 이젠 말대꾸까지, 의문

과 걱정이 꼬리를 문다.

그리 걱정할 것 없다. 아니 오히려 기뻐해야 할 일이다. 녀석은 이제 부모 품을 떠나 자기 세계를 구축하기 위한 큰 모험을 시도하고 있는 것이다. 그 아이가 지금까지 큰 문제가 없었다면, 그리고 그 아이가 지금 마의 중2 고비를 넘고 있다면 크게 걱정할 것 없다. 그만큼 자랐다는 뜻이다.

이젠 내 할 일은 내가 알아서 할 테니 간섭하지 말라는 뜻이다. 따져 묻지도 말고 이래라 저래라 시키지도 말라는 뜻이다. 시키는 대로 무조건 따라 하는 어린애가 아니다. 이젠 내가 생각해서 할 일이면 하고 안 할 일이면 안 하겠다는 뜻이다. 그만큼 선택의 능력도 생겼다는 뜻이다. 내겐 비판할 능력도 생겼으니 할 말은 해야겠다는 뜻이다.

말대꾸라니? 천만에다. 제 의견을 말한 것뿐이다. 그렇다. 문제는 여기 있다. 아이들 입장에서 그건 반항이 아니다. 그냥 느낀 대로 자기 생각을 말했을 뿐이다. 하지만 당하는 부모 입장은 그게 아니다. 어른 말에 대꾸라니? 있을 수 없는 일이다. 순간적으로 화가 치민다. 아이들 말대꾸만큼 부모를 성나게 하는 것도 없으리라. 이건 아주 조건반사처럼 즉각적인 반응이다. 권위에 대한 도전이요, 반항이다. '어디 감히?' 이건 용서할 수 없는 일이다.

우리는 여기서 부자간에 현격한 의식의 차이가 있음을 발견하게 된다. 요즈음 아이들은 그렇게 교육을 받았다. 자기 의견을 솔직히 표현하는 훈련을 일찍부터 받았다. 그럴 수 있어야 똑똑한 아이라고 부모 자신도 그렇게 가르쳤다. 한데 이제 와서 이를 반항이요, 도전이라니? 어른 앞에서 '말대꾸'는 절대로 해선 안 되는 금기로 잠재의식 깊숙이 박힌 부모 세대로선 어쩔 수 없는 일이다.

"방 청소 좀 해라."
"괜찮은데요. 뭘?"
부자간의 이 작은 한마디의 교환이 평화로운 일요일 아침을 온통 수라장으로 만들어 버렸다.
"뭐가 어째? 하라면 하는 거지 어디서 말대꾸냐?"
벽력같은 고함이 터진다. 아이가 마치 죽을 대죄라도 지은 양 아버지는 분개한다. 하지만 아이 입장은 전혀 그게 아니었다. 도대체 아버지가 왜 그렇게 성이 났는지부터 이해가 되지 않는다. 자기가 보기엔 방청소는 안 해도 될 것 같다. 그래서 그렇게 말했을 뿐이다. 한데 이 무슨 날벼락인가.

어느 집에서나 가끔 있는 일이다. 아이 입장에선 이건 말대꾸도 아니요, 반항은 더욱 아니다. 다만 자기 생각을 있는 그대로 표현할 수 있을 만큼 성장했을 뿐이다. 부모가 가져온 선입관이나 고정관념 때문에 아이들의 자연스런 언동을 반항으로 오해하는 우를 범해선 안 된다. 그리고 반항이 곧 비행이라는 생각 역시 금물이다.

당장은 성가시고 걱정스럽다. 저걸 그냥 두었다간 나중에 무슨 짓을 저지를지 모른다. 싹이 트기 전에 고쳐 놓겠다고 과민반응을 하는 부모도 있다. 그게 옳은 경우도 있다. 하지만 더 큰 부작용을 가져올 수도 있다.

긍정적으로 볼 수 있는 아량도 필요하다. 성장을 위한 고통으로 이해할 수도 있어야 한다. 참고 기다릴 줄 알아야 한다. 그대로 두어선 안 되겠다는 판단이 서면 나름대로의 현명한 방법을 찾아야 한다. 아이의 개성, 당시의 상황, 부모의 평소 교육방법 등 다각적인 검토를 종합해 찾아야 한다.

물론 죄질이 나쁜 반항도 있다. 이건 엄히 다스려야 한다. 부모 힘이 부족하면 전문가, 경찰, 학교의 입체적인 대책 강구가 필요하다.

체벌, 제대로 잘해야 한다

체벌을 할 때는 추호의 감정 개입이 있어선 안 된다. 권위가 없는 매질은 폭행이요. 그렇다고 권위만의 매질로써는 아이에게 반성을 촉구할 수 없다. 위엄 속에도 따뜻한 애정이 전달될 수 있어야 한다.

레닌이 죽으면서 스탈린을 제거하도록 그 유서에 남겼다. 그의 재능은 인정하지만 포악함이나 용서할 줄 모르는 성격을 걱정해서였다. 불행히 때가 늦었다. 스탈린은 이미 실권을 장악하고 있었고 누구도 그를 축출할 수 없었다. 오히려 그를 따르지 않는 사람을 무차별로 투옥, 처형함으로써 소련의 비극, 아니 20세기의 비극이 시작되었다.

이것은 스탈린의 정치이념이나 사상 이전에 그의 난폭한 성격 탓이었다. 그는 어릴 적 구두 수선공인 아버지에게서 심한 매를 맞으며 자랐다. 그래서 학자들은 그의 난폭한 성격을 이유도 없이 걸핏하면 매를 맞고 자라야 했던 환경 탓으로 설명하고 있다. 무식하고 하찮은 구두 수선공 루가쉬빌리는 가혹한 구타에 의해 그의 아들을 역사상 최악의 독재자로 길러낸 것이다. 예술가가 꿈이었던 아들을 아버지의 난폭한 매질로 인해 끝내 흉측한 독재자로 변신케 한 히틀러의 생애도 너무나 꼭 같다.

나는 학자들의 이런 견해에 이의를 달고 싶은 생각은 추호도 없다. 그렇다고 아이들 교육에서 매질에 절대 반대하는 입장 또한 아니다. 어떤 이유로도 체벌은 안 된다는 절대 불가론에도 정당한 근거들이 많다. 그런가 하면 '사랑의 매질'이란 이름으로 그 필요성을 강조하는 측에도 근거는 있다. 이 해묵은 논쟁은 결말이 나지 않을 것이다.

조물주는 훈육의 언덕, 엉덩이를 만들어 놓았다. 이걸 잘 활용해야 한다. 꾸중하고 벌하는 건 일차적으로 부모의 책임이다. 왜냐하면 부모만이 할 수 있는 방법이 따로 있기 때문이다. 외출금지, 용돈 깎는 일, 오락 금지, 체벌까지 이런 것들은 아무나 할 수 있는 일은 아니다. 학교 선생에게 그런 권리를 일부 위임하긴 했지만 이것 때문에 마찰이 일어나는 경우가 적지 않다.

이런 것들이 남용, 오용되는 경우라면 '작은 스탈린'의 위험성도 물론 있다. 하지만 사랑하는 자식 교육에 관한 한 체벌권은 부모가 갖는 결정적인 수단이다. 손 한 번 안대도 잘 자란다면 그것만으로도 그 가정은 큰 축복이다. 실제로 그런 착한 애들도 적지 않다. 하지만 대부분의 가정에선 부모가 체벌이란 권리 행사를 하지 않으면 안 되는 경우가 있다.

단, 절제가 있어야 한다. 체벌이라기보다 따끔한 혐오 반응을 일으키기 위함이다. 아이가 습관적으로 나쁜 짓을 할 때 그 습관의 고리를 끊도록 아이가 싫어하는 자극을 준다. 그게 체벌일 수도 있다. 그렇게 함으로써 아이는 나쁜 습관성 고리를 끊을 수 있게 된다.

이런 엄격한 조건에서 하는 절제된 체벌이라면 어쩔 수 없겠지만 그래도 체벌 아닌 다른 방법을 찾도록 연구해야 한다. 당장 쉽다고 체벌을 해선 절대 안 된다. 아이들의 개성이나 성격 그리고 위반의 정도나 성질에 따라 적절한 방법을 써야 한다. 반성을 촉구하는 뜻이요, 재발을 방지하는 의미에서다.

결론은 선택적 사용이 불가피하다는 것이다. 단 거기엔 조건이 있다. 감정이 아닌 이성으로 해야 한다는 조건이다. 스탈린 아버지처럼 돈벌이가 시원찮다고 아들에게 분풀이를 한다면 이건 교육이 아니다. 아버지가 회사 일이 잘 안될 때, 엄마가 남편에 불만이 있을 때 죄 없는 아이들을 들볶는다. 하찮은 걸 갖고 야단을 치거나 매질을 한다. 그러고 한참 있노라면 영 기분이 찜찜하다. 후회가 되고 아이 보기 미안하다. 아이가 야단을 맞아야 할 일인지, 아니면 문제가 있는 것인지를 잘 감별해야 한다.

부모에게도 인간적인 고민이 있고 짜증날 일도 많다. 하지만 억울하게 당해야 하는 아이들 입장에선 그런 부모의 심경을 헤아릴 여유가 없다. 또 그런 나이도 아니다. 이런 상황에서는 꾸중의 효과는커녕 반감만 생긴다.

아이들은 영리해서 제가 한 짓이 과연 이 정도의 야단을 맞아야 할 일인가를 나름대로 평가할 줄 안다. 당장에는 안 되지만 제 방에 돌아가 앉아 있노라면 억울한 기분은 차츰 가시고 자기 잘못을 뉘우치게 된다. 하지만 불행히 억울한 기분이 영 가시지 않고 이게 모두 부모 자신의 문제 탓이라면 아이의 반감만 키워 놓는 셈이다. 아이들이 부모의 인간적 고충을 이해하게 되는 건 먼 훗날 어느 연령이 되어서야 가능한 일이다.

그 다음, 교육적으로 필요하다는 판단이 서는 경우에도 흥분이 지나쳐 제 감정을 자제 못하는 지경으로 되어선 안 된다. 아이를 꾸짖는데, 더구나 매질을 해야 하는 경우라면 기분이 좋을 리 없다. 잔뜩 화가 난다. 하지만 폭발해선 안 된다.

작은 일로 시작한 매질이 부모가 제 성에 못 이겨 닥치는 대로 때리는 통에 뼈가 부러지거나 발길로 걷어차 장파열을 일으킨 경우도 있었다. 이건 싸움이지 꾸중이 아니다. 더구나 일방적 싸움이라 치사한 짓이다.

체벌 절대 불가론을 펴는 사람들은 바로 이 점을 염려해서다. 그리고 그건 대단히 설득력 있는 지적이다. 매질을 하는 순간 공격중추가 자극되어 점점 화가 증폭되기 때문에 끝내 자제력을 잃어버린다. 이쯤 되면 못할 말이 없다. 아이들 마음에 상처를 남길 말도 서슴지 않는다.

옛날 서당에서 훈장이 매질을 할 적엔 반드시 의관을 바로 갖춘 후 충분한 시간적 여유를 두고 했었다. 성난 것을 가라앉히고 권위와 위엄을 갖추기 위함이다. 매질 속에는 추호의 감정 개입이 되어선 안 된다. 권위가 없는 매질은 폭행이요, 그렇다고 권위만의 매질로써는 아이에게 반성을 촉구할 수 없다. 위엄 속에도 따뜻한 애정이 전달될 수 있어야 한다.

부모는 이 점에서 균형을 잘 맞춰야 한다. 아버지한테 야단맞고 있는 아이는 잔뜩 성이 나 있다. 제 잘못은 뒷전이고, 이건 좀 심하다, 억울하다는 기분이 들기 때문이다. 반감도 생기고 언젠가 복수를 해야지 하는 생각까지 한다.

이럴 때 엄마가 적당히 끼어들어 아이를 빼내 온다. 아버지의 위협권에서 벗어나 부엌으로 왔을 때 비로소 엄마 앞치마에 머리를 처박곤 서럽게 흐느껴 운다. 아버지한테 품었던 복수의 감정도 사라지고 그제야 자신의 잘못을 뉘우치게 된다. 그것은 아버지의 차가운 매질에 이은 엄마의 따뜻한 치마폭의 위력이다.

+ Brain

뇌의 신경회로에는 촉진적 회로와 억제적 회로가 있다. 촉진적 회로에는 주로 노르아드레날린이 작용하고 억제적 회로에는 세로토닌이 작용한다. 아이의 성장을 위해서는 촉진적 자극과 억제적 자극을 균형 있게 주어 완와전두피질을 발달시켜야 한다.

하지만, 방임이나 학대가 많은 경우는 아예 애착과 신뢰관계가 형성되지 않아 안와전두피질이 발달될 수 없다. 완와전두피질을 위축, 퇴화시킨다. 따라서 과잉애정 부모보다 더 치명적이다. 부모의 분노나 주위의 큰 소리 등은 아기의 감정 중추인 변연계의 원활한 발달에 안 좋은 영향을 미친다. 이 시기에 학대를 받거나 방치될 경우 돌이키기 힘든 원초적 불안을 만들어 세상을 믿지 못하고 생존을 위해 공격적으로 변한다.

이렇게 자란 아이는 자기억제력 부족으로 불쾌한 자극을 줄 때 간헐적으로 폭발하는 반응성 공격형 아이와는 다르다. 만성적인 욕구불만 속에서 자란 아이는 아무 이유 없이 언제나 공격적이다. 또한 불필요한 위기감과 무력감을 가져 기본적 신뢰관계 형성이 불가능할 수 있다.

· · ·

솔직한 아빠가 좋다

아빠도 어릴 적엔 실수도 하고 사고도 저질렀다. 솔직하게 털어놓으면 그 열매는 크다. 아이와의 관계를 더욱 긴밀하게 맺어 주기 때문이다.

예전에 같이 근무 했던 우리 병원 박 계장이 묘한 표정을 하고 내게 들려 준 이야기다. 일요일 아침 신문을 보는데 초등학교 3학년짜리 사내 녀석이 무릎에 앉더라는 것이다. 맏이답게 의젓한 아이가 갑자기 왜 이러나 싶었다. 녀석이 어깨에 머리를 기대더니,

"아빠가 제 나이 때는 어땠어요?"

느닷없는 질문에 젊은 아빠가 당황할 수밖에. '녀석이 이러는 데는 무슨 사연이 있겠지. 초등학교 3학년! 그때 난 어땠지?' 그러자 불현듯 떠오르는 기억이 있었다. 아이에게 미칠 영향을 미처 생각

해볼 겨를도 없이 떠오르는 대로 이야기를 시작했다.

"아버지가 초등학교 3학년 때 전학을 갔어요. 그런데 그만 교실에서 오줌을 싸버렸지 뭐야. 마려운데도 창피해서 말을 못하고 참다가 그런 거지. 전학 온 아이가 실수를 했으니 반 아이들이 그냥 있었겠어? 오줌싸개라고 놀리는 통에 집에 와서 울기도 많이 울었지."

그는 이야기를 하면서도 걱정이었다. 아버지의 권위에 먹칠을 하는 게 아닌지. 괜히 했나 후회도 되었다. 하지만 이미 엎질러진 물, 어쩔 수가 없었다. 한데 이 아이의 표정 좀 보소. 아주 감격한 얼굴로 아비를 쳐다보더니,

"아빠, 실은 어제 선생님한테 야단을 맞았어요. 여럿이서 뚱보 아이를 놀렸거든요. 곰곰이 생각하니 우리가 잘못한 것 같아요. 그 아이가 얼마나 마음이 아팠겠어요."

아비는 아이를 꼭 껴안았다. 그리곤 안도의 숨을 속으로 내쉬었다. 내가 솔직하길 잘했구나. 괜히 어설픈 내 자랑이라도 했더라면 아이와의 공감대가 형성될 수 있었을까? 부자는 그 길로 축구공을 들고 강변 고수부지로 나갔다.

난 그 이야길 들으면서 마치 따뜻한 시 한 편을 읽고 있는 기분이었다. 어른이 되면 자기는 마치 어린 나이에 이미 성인군자나 되었던 것처럼 어린 시절을 이야기한다. 선생님도 부모도 예외가 아니다. 그래야 권위가 서고 아이들에게 모범이 되고 교육적일 것으로

생각한다. 과장도 거짓말도 섞어 가면서.

이건 교만이요, 위선이지 교육은 아니다. 거짓말로 교육이 되진 않는다. 요즈음 아이들이 얼마나 약은데 뻔히 들여다보이는 소리로 설교를 해봤자 설득력이 없다. 진실하고 솔직한 모습을 보여 줘야 한다. 그게 아이의 마음을 움직일 수 있는 유일한 길이다.

어느 아이도 아버지가 신이라고 생각하진 않는다. 아빠도 어릴 적엔 실수도 하고 사고도 저질렀다. 누가 안 그랬겠어. 나쁜 짓도 했다. 이걸 인정해야 한다. 그런 흔들리는 시기를 거쳐 후회도 하고 반성도 하면서 오늘 여기까지 온 것이다. 이것이 대개의 아버지의 모습이다.

우리 집 아이가 고3 즈음이었다. 제 어미가 걱정을 했다. 녀석이 담배를 피운다는 것이었다. 때론 술도 마시는 눈치라는 것이다.

"난 중2때부터 담배를 피웠고, 고2때 술도 마셨어. 과하지 않은 이상 제 판단에 맡겨!"

이게 내 소신이었고 녀석에게도 그렇게 일렀다. 그리고 스스로 언젠가 안 되겠다는 판단이 서면 그때 끊으라고 했다. 녀석은 대입 후 담배는 끊고 술은 사교상 한두 잔만 마시고 있다.

부모의 과잉 반응이 아이의 일과성 잘못을 아주 고질적으로 만들 수도 있다. 술, 담배. 안하면 좋겠지만 한다고 과잉 반응은 금물이다. 부모 둘이 앉아 심각한 얼굴로 불량, 비행 딱지를 붙이면 아이는 진짜로 그렇게 된다. 적당한 거리를 두고 지켜보자.

이젠 아이 수도 적은 데다 여가 시간이 많아지다 보니 부모와 자식 관계가 너무 밀착돼 있다. 건강한 아이에게 이건 구속이다. 아이에겐 자유로이 달아날 구석이 있어야 한다. 사소한 일에까지 간섭을 하게 되면 아이에게 자꾸 나쁜 아이라는 이미지만 심어 준다. 자신들의 어릴 적 생각을 해보라. 지금 당신이 핏대를 올려 잔소리하는 만큼 완벽했던가를.

솔직해야 한다. 자신에게 그리고 아이들에게. 솔직할 수 있다는 건 쉬운 일이 아니다. 거기엔 적지 않은 용기가 필요하다. 하지만 그 열매는 크다. 두 사람의 관계를 더욱 긴밀하게 맺어 주기 때문이다.

아버지의 집착 • • • •

신디의 고운 목소리는 타고난 것이었습니다. 출생지인 소도시에서 그의 노래는 이미 정평이 나있었고, 성악가로서 대성할 꿈을 착실히 키워 가고 있었습니다.

피아니스트이자 의사인 아버지의 후원도 물론 컸습니다. 그의 발표회에는 언제나 아버지가 피아노 반주를 해주는 게 화제가 되곤 했으니까요. '부녀의 앙상블'이란 찬사가 일간지에 실리는 등 신디는 축복받은 젊은 성악가로서 착실히 자리를 잡아가고 있었습니다.

이윽고 신디는 음악의 고장 뉴욕으로 유학을 떠나게 되었습니다. 하지만 이게 그에겐 처음으로 닥친 시련이었습니다. 뉴욕 생활에 적응이 되지 않았던 거죠. 더욱 괴로운 일은 노래가 되질 않는 것이었습니다. 감기도 아니면서 도대체 노래가 되질 않았습니다.

전문의의 진찰에서도 원인이 밝혀지지 않자 깊은 우울증의 수렁에 빠져 고향으로 돌아와 정신과를 찾았습니다. 그리고 집에서 며칠 휴식을 취하자 거짓말처럼 원기가 회복되었습니다. 더욱 신기한 일은 잃었던 목소리를 되찾게 된 것입니다.

정신과적 진단은 정확했습니다. 그는 아버지의 그늘을 떠날 수 없었던 사람임이 밝혀진 것입니다. 아버지의 피아노 반주 없이는 누구와도 노래를 부를 수 없다는 것도 확인되었습니다. 뉴욕에서의 생활을 돌이켜보며 신디는 그제야 노래가 안 되었던 게 아니라, 한 번도 진정으로 노래를 부르려고 해보지 않았다는 사실을 발견하고 자신도 놀랐습니다.

원인은 밝혀졌지만 치료는 간단하지 않았습니다. 무엇보다 딸에 대한 아버지의 집착이 너무 강했습니다. 딸을 키우는 과정에서도 그랬지만 뉴욕으로 떠나보낸 후 그 집착은 결국 그의 마음에 병을 만들었습니다. 우울증은 딸보다 아버지가 더 심각했습니다. 매일 밤 장거리 전화로 안부를 묻는 건 딸보다 아버지였으니까요. 고향에 와서 좀 쉬어 보라는 권고를 한 것도 아버지 쪽이었고, 딸이 돌아온 후 우울증이 먼저 가신 것도 아버지였습니다.

아버지는 실로 오랜만에 피아노에 앉아 연주를 시작했습니다. 그러자 자연스레 딸의 노래가 아름답게 흘러나오며, 다시금 부녀의 앙상블이 이루어졌습니다.

부녀 사이는 진한 애착의 고리로 이어져 있었습니다. 하지만 그 정도가 지나쳤습니다. 이건 애착이라기보다 집착이었죠. 사실 이 아버지는 사랑의 끈으로 자기 슬하에 딸을 얽매어 놓은 것이었습니다. 자기 없이는 딸이 스스로 성장할 수 없게 만든 것이죠. 오직 아버지와 함께 있어야 이 딸은 그 정도의 성공이라도 거둘 수 있었던 것입니다.

어느 아버지가 딸의 성공을 기원하지 않겠습니까. 이 아버지는 누구보다 더 간절히 바랐을 것입니다. 하지만 그건 의식적 차원이고 마음 한구석엔 딸을 놓치고 싶지 않은 강한 집착이 얽혀 있었습니다.

아버지의 반주 없이 노래가 되지 않는 딸, 그런 의미에서 그는 정서적으로 불구로밖에 볼 수 없습니다. 이제 그에게 남은 과제는 아버지의 멍에로부터 벗어나는 일입니다. 그래서 혼자서도 당당히 노래 부를 수 있는 어른이 되어야 하는 것입니다.

치료는 아주 느리게 진행됐습니다. 무엇보다 이 아버지가 딸이 홀로 성장해 가는 모습을, 독립해가는 모습을 지켜볼 수가 없기 때문이었죠. 우여곡절이 많았지만, 끝내 치료자가 경험이 부족하고 미국의 가족 문화를 이해하지 못하기 때문에 치료가 안 된다고 항변하여 결국 치료가 중단되고 말았습니다.

이 일은 제가 미국에서 정신과 전문의 수업을 받던 2년차 때의 일입니다. 나는 그 후 신디의 소식을 듣지 못했습니다. 그의 발표회 기사도 신문에서 본 적이 없습니다. 거기까지가 이 부녀의 한계였습니다.

불행히 이건 미국에서만의 이야기가 아닙니다. 요즈음 한국에서도 이런 이상한 가족 관계가 적지 않게 발견됩니다. 핵가족화가 되면서 자녀 수마저 줄어들고 있습니다. 사회에서 인간관계가 원활하지 않은 사람들이 그 보상으로 가족 간에 이상한 유대를 맺게 되었습니다.

근친상간은 그 대표적인 예입니다. 엄마에게 마치 애인처럼 성적인 접근을 시도하는 젊은이도 학회에서 필자가 보고한 바 있습니다. 이상한 사회, 이상한 성격, 이상한 인간 그리고 이상한 가족이 탄생되고 있는 요즈음입니다. 앞으로 또 어떤 형태의 인간 병리현상이 생길는지 전문가도 예측할 수 없습니다.

아이는 아버지의 뒷모습을 보며 자란다

MENTORING 세상의 아버지는 위대하다

아이는 부모를 닮는다.

아버지가 인생을 어떤 자세로 사느냐. 아이들은 아버지 등 뒤에서 말없이 지켜보고 있다. 그리고 아버지의 사는 자세가 아이들의 자세를 결정한다.

최고의 유산은 인생철학.

아이들은 아버지의 인생철학을 상당히 감명 깊게, 그리고 오래 간직한다. 하지만 무엇보다 중요한 것은 평소 생활자세도 그러해야 한다는 것이다. 언행일치가 되어야 한다.

요령보다 원칙을.

별 생각 없이 행하는 편법이 아이들에게 불량의 씨를 키우게 한다. 바르고 떳떳하게 살아가는 법을 가르쳐야 한다.

아버지의 일에 긍지를 갖게 하자.

가족을 위해 최선을 다하는 아버지, 자신의 일에 긍지를 갖고 있는 아버지의 모습을 지켜보는 것 자체가 아이들에겐 감동이요, 교육이다.

아버지는 아이의 미래다

아버지가 인생을 어떤 자세로 사느냐. 아이들은 아버지 등 뒤에서 말없이 지켜보고 있다. 그리고 아버지의 사는 자세가 아이들의 자세를 결정한다.

아이들은 분위기로 자란다. 아무 말하지 않더라도 그 집의 분위기가 어떠냐에 따라 아이들의 마음가짐이며 성격, 진로 그리고 인생관이 정립된다.

공부 열심히 하란다고 다 열심히 하는 건 아니다. 훌륭한 사람이 되라고 말한대서 다 훌륭하게 자라진 않는다. 거짓말하지 말라고 가르친대서 그대로 따라오지도 않는다. 백 마디 말보다 아이에게 중요한 영향을 미치는 건 그 집의 분위기다. 말은 할 때뿐이지만 분위기란 언제나 그렇게 있는 것이어서 아이들은 그 속에 흠뻑 젖어들기 때문이다.

　음악가 집안에서 음악가가 많이 배출되고 화가 집안에서 화가가 나는 것도 선천적인 소질보다 그 집안의 분위기 탓이다. 어릴 적부터 보고 듣는 게 음악이요, 그림이라 아이들은 자연스레 그 방향으로 머리가 발달하고 관심도 그런 쪽으로 많아지기 때문이다.

　우리가 가문을 중시하고 가풍이나 전통을 중시하는 까닭은 바로 여기서 비롯된다. 지금도 결혼을 할 때 상대방 가문을 따지게 되는 것도 낡은 허영만은 아니다. 큰 재목이 자라기 위해선 그 사람 한 대에서 이루어지는 게 아니다. 대대로 이어 내려오는 그 집 가문의 전통이 큰 재목의 성장을 위한 밑거름이 된다. 흉보며 닮는다는 말도 있고 딸이 제 어미 팔자를 닮는다는 말도 있다. 그만큼 집안의 분위기가 아이들 성장에 결정적 영향을 미치고 있기 때문이다.

　똑같은 아파트에 살면서도 집집마다 분위기가 다르다. 밝은 집이 있는가 하면 침울한 집도 있다. 고급 일색인데도 어딘가 천박한 느낌이 드는 집이 있는가 하면 소박함 속에서도 품위가 감도는 집이 있다. 지적인 분위기가 있는가 하면 어딘가 속물스런 분위기가 있다. 왜 그런 차이를 느끼느냐고 꼬집어 묻는다면 이거다 하고 집어낼 순 없지만 그 집 전체에서 풍겨나는 독특한 분위기가 있는 것은 확실하다.

　무엇을 가장 소중히 여기며, 어디에 가치를 두고 있으며, 행복의 의미를 어떻게 여기느냐? 여기에 따라 아이들 키우는 목표가 다를 것이고 방법이 다를 것이다.

아버지의 인품, 어머니의 심성 그리고 부모의 인생관, 철학 등 많은 요인들이 그 집의 분위기를 좌우한다. 교육수준, 생활수준도 물론 작용할 것이다. 하지만 이 많은 요인들 중 가장 중요한 것은 뭐니 뭐니 해도 아버지가 살아가는 모습이라고 나는 믿고 있다.

아버지는 아이에게 롤모델이다. 그가 인생을 어떻게 보고 있으며 어떤 자세로 살고 있고, 또 자기 하는 일에 얼마나 긍지를 갖고 있느냐가 중요한 것이다.

아이들은 아버지 등 뒤에서 말없이 지켜보고 있다. 그 뒷모습을 보고 아이는 배우는 것이다. 따라서 아버지의 사는 자세가 아이들의 자세를 결정한다. 아버지는 존경과 모범의 대상이 되어야 한다.

남들 보기에 시원찮은 직업이라도 최선을 다해 열심히 일해야 한다. 아버지의 이런 자세는 아이들이 인생을 사는 자세는 물론, 일에 대한 열정을 함양하는 데 중요한 인자가 된다. 아이들은 이 세상에 자기 아버지 하는 일만큼 중요하고 높은 일은 없는 걸로 알고 있다. 그 생각이 퇴색하지 않게 아버지의 진지한 자세가 절실히 요망된다.

내가 대학 졸업반 때 오랜 지병으로 고생하시던 아버님이 세상을 뜨셨다. 하지만 내겐 슬픔보다 현실적 걱정이 컸다. 시골 양반의 5대 종손 장례가 그리 간단할 리가 없다. 군에 간 형 대신 열 세 식구의 생계를 꾸려나가야 했던 나로서는 장례절차를 간소화하지 않을 수 없었다. 그 많은 조문객의 끼니 걱정에서 장례비용까지, 내겐 슬퍼할 여유도 없었다.

그런 경황 중에 윤홍기 선생님이 문상을 오셨다. 아버지에겐 죽마지고우요, 교편생활도 오래 함께하신 어른이었다. 가난한 우리 집 형편을 누구보다 잘 아시는 선생님께선 가끔 만날 적마다 나를 격려해주셨고, 잘해나간다고 아주 대견스러워하셨다. 그러신 선생님의 문상은 내겐 참으로 감동적이었다. 형식적으로 하는 곡이 아니고 나는 그분과 함께 그제야 맺힌 울음을 실컷 울었다. 그러고 난 후 선생님은 내 손을 잡으시곤 아주 근엄한 소리로 이렇게 말씀하셨다.

"그래, 너도 열심히 했다. 그러나 너의 그 힘은 네 아비한테서 나온 것임을 잊어선 안 되느니라."

선생님의 그 한마디가 내 머리에 큰 파문을 일으키고 지나갔다. 생전에 그 애쓰시던 아버지의 모습들이 아프게, 무겁게 스쳐 지나가고 있었다. 해방 전후 혼란스런 정국의 와중에도 한 점 흐트러짐이 없었던 아버지였다.

나는 누구보다 인생을 열심히 살아간다고 자부하고 있다. 이건 우리 형제 모두의 자랑이기도 하다. 세계 각지에 흩어져 내로라하는 중견 사회인으로 성장할 수 있었던 것도 주어진 인생을 열심히 살았기 때문이다. 그 저력이 어디서 나온 것인가를 그때 윤 선생님께서 용케 지적해주신 것이다. 아버지의 굽은 등 뒤에 진하게 밴 땀방울을 지켜보면서 우리는 그렇게 자란 것이다.

뿌린 대로 거둔다

가정의 도덕성이 건전한 이상 아이는 절대로 불량해지지 않는다. 누가 뭐래도 아이들은 부모를 닮는다. 자란다는 건 의식, 무의식적으로 어른 흉내를 내는 일이다.

잘사는 나라일수록, 소위 선진국일수록 젊은 부부가 아이를 낳지 않으려는 경향이 높다. 이유야 많지만 문제아에 대한 걱정도 그 중하나다. 둘 중 하나는 문제아가 될 판이니 골치 썩고 싶지 않다는 것이다. 문제없이 잘 키울 자신이 없다는 것이다.

술·담배·마약·퇴폐·매춘·폭행·음란·절도·강도·살인·가출……. 아이 키울 생각만 해도 소름이 끼친다. 가끔 학부모 모임 강연에 나가면 모두들 조심스런 얼굴이다. 우리 아이가 행여 불량배에게 피해를 입게 되지나 않을까? 어떻게 보호하면 좋을까? 교내폭력, 왕따, 학교 앞 불량배……. 집에 돌아올 때까지 영 안심이 안 된다. 이게 오늘의 현실이다.

한데 최근엔 이런 걱정이 차츰 달라져 가고 있다. 불량배의 피해가 아니라 우리 아이가 바로 가해자가 되지 않을까 하는 걱정이다. 이건 더욱 문제다. 어떻게 하면 불량배로 전락하지 않게 잘 키울 수 있을까? 이것이 요즈음 부모들의 걱정이다. 하나같이 자신 없는 얼굴들이다. 최선을 다해도 어쩔 수가 없다는 체념파도 있다. 아이를 대하면 겁부터 난다니 정말 걱정이 아닐 수 없다.

하지만 내 충고는 지나친 기우는 갖지 말자는 거다. 부모가 자신을 잃고 전전긍긍하다 보면 아이 역시 정서적으로 불안해 진짜 검은 손의 유혹에 휘말려든다. 지나친 걱정은 말라. 그 가정의 도덕성이 건전한 이상 아이는 절대로 불량해지지 않는다. 교과서 같은 이야기지만 엄부자모의 균형이 잡혀있고 언행일치의 도덕성이 건재하는 한 아이는 절대로 괜찮다. 일시적으로 흔들릴 수는 있다. 하지만 뿌리째 썩어들진 않는다. 살인마의 유전인자라도 타고나지 않은 한 절대로 괜찮다.

그래도 신문엔 겁먹은 부모의 소심증을 더욱 자극하는 기사가 실리곤 한다. 강간·살인을 한 그 학생의 부모는 사회지도층으로서 모범적인 가정 운운하는 기사다. 그런 집 아이가 어떻게 그런 끔찍한 짓을! 사람들은 모두 혀를 찬다. 아이보다 부모에 관심이 더 많다.

그런 훌륭한 부모 밑에서도 악의 씨앗이 자랄 수 있구나. 이걸 생각하면 소심한 부모는 잠을 이룰 수가 없다.

우리 아이는? 우리 부부는? 이모저모 따져보니 아무래도 마음이 놓이지 않는다. 요즈음 녀석의 행동이 아무래도 수상하다. 곧 무슨 큰일이라도 일어날 것 같다. 마치 탐정소설이나 쓰듯 이렇게 생각이 비약, 과장되면 드디어 우리 집 아이가 문제아가 될 것이라는 결론이 나온다.

물론, 괜찮은 집 아이도 문제아가 될 수 있다. 교육자 집안에도 개망나니가 있고 목사 아들도 주정꾼이 될 수 있다. 수적으로 많진 않지만 그런 집 아이들은 모범적이려니 하는 기대 때문에 더 부각된다. 그리고 실제 교사라고 다 도덕적이고 인격자일 수 없다. 목사도 마찬가지다. 대학 교수라도 성격적으로 아주 괴팍해서 아이들 정서를 크게 흔들어 놓는 수가 많다. 전문직을 가진 중상류 가정에서도 이 점에서는 예외가 아니다.

사회적으로 명망이 높다고 집에서도 모범적이란 법은 없다. 직무 수행은 잘해도 인간관계는 아주 엉망인 명사도 의외로 많다. 그뿐 아니라 말과 행동이 일치되지 않는 위선자도 많다. 말은 '성인군자' 하면서 하는 짓거리는 시정잡배보다 나을 게 없다. 거기다 말로만의 권위를 내세워 자녀들에겐 지나친 억제와 통제를 강요한다.

이게 먹혀들 리 없다. 똑똑한 아이라면, 아니 조금만 생각이 깊은 아이라면 반발한다. 무조건 '하면 된다'는 스파르타식 강훈이다. 아이들의 개성은 뒷전, 부모의 고집만을 강경일변도로 밀어붙인다. 밀리다 못해 결국 가출, 자포자기의 길로 치닫게 된다.

누가 뭐래도 아이들은 부모를 닮는다. 자란다는 건 의식, 무의식적으로 어른 흉내를 내는 일이다. 그 아비에 그 아들이요, 그 어미에 그 딸이다. 물론 여기에도 예외는 있다. 아이는 나름대로의 판단이 있어서 그게 아니다 싶으면 반발한다.

주정꾼 아비 밑에 자란 아이가 꼭 그대로 아비를 닮는 경우도 있지만 그와는 정반대로 술이라곤 입에도 안대는 자식도 있다. 성직자가 되기도 하고 사회사업을 위해 헌신한다. 아버지와는 전혀 다른 모습이긴 하지만 이 역시 아버지의 술주정이 아들의 장래를 결정한 것이다. 이와 같이 좋게든 나쁘게든 부모의 영향은 절대적이다.

아버지의 인생철학

아이들은 아버지의 인생철학을 상당히 감명 깊게, 그리고 오래 간직한다. 하지만 무엇보다 중요한 것은 평소 생활자세도 그리 해야 한다는 것이다. 언행일치가 되어야 한다.

침몰 직전의 크라이슬러를 회생시킨 아이아코카의 비결은 무엇이었을까? 거기엔 많은 요인들이 있을 것이다. 하지만 주인공 자신은 회고록에서 아버지의 낙천성에서 비롯된 힘이라고 술회했다.

이탈리아에서 이민 온 아버지는 장사를 하다 실패하는 등 가난과 좌절의 연속이었다. 하지만 그는 언제나 낙천적이었다.

'날 새기 바로 전이 제일 어둡다.'
'아무리 어려운 때라도 언젠가는 사라진다.'

자신은 물론이고 어린 아들에게도 항상 이 말을 강조하면서 어떤 난관에도 주저앉기를 거부했다. 어린 아이아코카가 자라면서 그리고 자란 후 실망의 늪에 빠질 적마다 그는 항상 아버지의 이 말을 되새기며 힘을 냈다고 한다.

아이들은 이러한 아버지의 인생철학을 상당히 감명 깊게, 그리고 오래 간직한다. 더욱 놀랄 일은 그 어려운 인생이니, 삶이니 하는 이야기도 잘 알아듣는다는 것이다. 무엇보다 중요한 것은 평소 생활자세도 그러해야 한다는 것이다. 언행일치가 되어야 한다. 아버지가 먼저 실천해야 한다. 아버지의 권위는 강압과 억압이 아니라 솔선수범을 통해 자연스럽게 서는 것이다.

'나의 모든 것은 어려서 부모님에게 배웠다. 자선사업도 그중의 하나다.'

마이크로소프트사를 창업, 세계 최고의 부자에 오른 IT업계의 신화, 빌 게이츠는 은퇴 후 빌&멜린다 게이츠 재단을 만들어 활발한 기부활동을 하고 있다. 그의 아름다운 선행의 바탕에는 평소 나눔과 봉사를 실천하는 모범을 보였던 그의 아버지와 어머니가 있었다.

빌게이츠는 수많은 인터뷰에서 "롤모델이 누구냐"는 질문에 서슴없이 "부모님"이라고 답한다. 빌게이츠의 아버지인 빌게이츠

시니어는 '게이츠표' 가정교육의 원칙으로 지금의 빌게이츠를 키워냈다.

- 어릴 적부터 부지런함과 검소함이 몸에 배게 하라.
- 때론 고된 노동의 가치를 알게 하라.
- 가족 사이의 정을 나눌 수 있는 경험을 많이 가져라.
- 저녁식사는 꼭 함께하고 대화시간을 많이 가져라.
- 아이의 왕성한 호기심을 북돋워줘라. 책을 많이 읽혀라.
- 어떤 경우라도 아이를 비하하거나 모욕감을 주지 마라.
- 아이 스스로 바라는 꿈이 있다면 최대한 존중해줘라.
- 주변을 돌아보고 도움이 필요한 사람들과 자기 것을 나누는 습관, 남을 위해 봉사하는 습관을 길러줘라.
- 공동체 윤리를 바탕으로 사회적 책임과 의무를 다하는 시민으로 키워라.

빌게이츠 시니어는 최선을 다해 이 원칙들을 지키려고 노력했다. 그는 항상 저녁식사를 함께하며 아들과 생각을 나눴다. 또한 여행을 같이 다니며 함께하는 시간을 가졌다. 빌게이츠는 이를 통해 자연스럽게 아버지의 인생철학을 물려받았다.

사회성 발달과 관련해 아버지가 아이에게 가르쳐야 할 것은 책임감을 갖는 법과 남을 위해 행하는 즐거움이다. 우리 사회는 나눔과 베풂의 정신이 부족하다. 여유가 있어도 인색한 사람들이 많다. 이런 사람들은 마음이 가난한 사람들이다. 이런 부모 밑에서 자란 아이 역시 가난할 수밖에 없다. 아이들은 부모의 거울이기 때문에 보고 자란 게 그러하면 어쩔 수 없다.

사소한 편법에서 불량의 씨가 자란다

별 생각 없이 예사롭게 하는 부모의 언동이 아이들의 잠재의식 속에 하나하나 낙인이 찍힌다. 평소의 행동으로 모범을 보여야 한다.

별 깊은 생각 없이 예사롭게 하는 부모의 언동이 아이들의 잠재 의식 속에 하나하나 낙인이 찍힌다. 이렇다 할 허물도 없는 평범한 가정에 악의 씨앗이 자랄 수 있는 것도 이런 연유에서다.

누가 봐도 이 가정은 무난하다. 부모도 교육을 잘 받았고 성격적 으로도 원만하여 이렇다 할 흠이 없는 사람이다. 한데 왜 이 집 아이가 동네에서 이름난 불량배의 핵심 멤버가 된 것일까? 최 군이 자라온 성장배경 중 악의 씨가 뿌려진 몇 토막을 적어 본다.

- 가족 나들이에 아버지가 운전 중 신호위반을 했다. 교통경찰
  에 걸렸다. 돈을 주고 해결했다.
- 방학 때 야구경기 구경을 갔다. 표가 매진되었다. 아버지는 암
  표를 샀다.
- 늦잠을 자다 그만 학교에 늦었다. 엄마가 학교에 몸이 아파 늦
  겠다고 거짓 전화를 해주었다.

✚ 중학교 시절

- 회사 장부를 집에 가져온 아버지가 탈세할 목적으로 엄마와
  함께 이중 장부를 만드는 걸 도왔다.
- 급한 일이 있어 엄마 지갑에서 돈을 꺼냈다. 저녁에 엄마로부
  터 "돈도 많지 않은 내 지갑에서 꺼내면 어떡하니?"하고 야단
  을 맞았다. 돈 많은 아버지 호주머니에서 꺼내란 소리였다.

몇 가지만 적었지만 이건 흔히 있을 수 있는 일이다. 어느 부모
고 별 생각 없이 할 수 있는 일들이다. 죄책감을 느끼지도 않는다.
남들 다 하는데 나라고 못할 게 뭐 있느냐 싶다. 이런 것도 다 세상
사는 요령이다. 아이들 교육에 오히려 좋다는 사람도 있을지 모른
다. 하지만 문제는 그리 간단치 않다.

그 집 부모는 물론이고 사람들은 최 군이 나쁜 친구의 꾐에 넘어

갔다고들 할 것이다. 너무 순진해서 그만 불량배에 휩쓸렸을 것이라고 생각한다. 그래서 나쁜 친구들과 못 만나게 온갖 방법을 다 동원한다. 전학을 시키는 경우도 있고, 아예 먼 곳으로 이사를 가버리는 집도 있다.

그러나 어떤 방법도 효과는 없다. 이유는 간단하다. 불량의 씨는 이 아이 속에서 자라나고 있기 때문이다. 나쁜 친구 탓이 아니다. 자기 탓이다. 어딜 가나 불량배는 있기 마련이다. 녀석은 쉽게 그 집단에 동화된다. 자기와 생각이 딱 들어맞기 때문이다. 불량 동아리가 없다면 자기가 주동해서라도 만들 아이다. 나쁜 친구 탓이라지만 천만에, 이 아이가 바로 나쁜 친구다.

부모가 장님인 것은 바로 이 점이다. 내 집 아이가 '나쁜 친구'의 씨라는 사실을 못보고 있는 것이다. 우리 아이는 착한데 나쁜 친구 때문에 그 모양이 되었다고 진단한다. 하지만 부모들이 말하는 나쁜 친구는 어디 하늘에서 떨어진 아이들인가? 나쁜 친구란 별난 종자가 따로 있는 게 아니다. 우리 집 아이가 바로 나쁜 친구의 장본인이라는 사실을 잊어선 안 된다.

'남의 걸 탐내지 마라', '거짓말하지 마라' 말로 해서 되는 교육이라면 이 세상에 나쁜 사람이 왜 생길 건가. 평소의 행동으로 모범을 보여야 한다. 자신은 착하게 살면 손해라고 생각하면서 아이들은 정직하고 정의롭게 자라기를 바란다면? 결국 아이의 인성을 키우는 것은 부모의 인성이다. 아이는 부모의 생각과 말, 행동을 보고 그대로 따라하는 법이다.

퇴계 선생이 잠시 서울에 우거하고 있을 시절이었다. 이웃집 밤나무에서 알밤이 익어 이 집 마당으로 떨어졌다. 선생은 한 톨 빠짐없이 밤을 주워 담아 주인집으로 넘겼다. 행여 철없는 아이들이 무심결에 주인 모르게 밤을 주워 먹지나 않을까 두려워서였다.

부모의 이러한 마음가짐이 어린아이들의 마음속에 뿌리박힐 수 있게 평소의 언행이 일치되고 일관성이 있어야 한다.

어떻게 갈 것인가

결론부터 말하면 일찍부터 요령을 가르칠 필요는 없다. 세상을 그리 쉽게 살 생각을 가르쳐서야 될 말인가. 말이 요령이요, 임기응변이지 그건 불법이다. 엄히 따진다면 범죄행위다. 그걸 요령이라는 이름으로 아이들에게 보여줘선 안 된다.

설악산 오색 약수터에서 있었던 일이다. 사람들이 길게 줄을 서 있다. 약수를 마시기 위한 줄이었다. 계곡 바위에서 조금씩 솟아나는 것이어서 좀처럼 줄이 줄어들지 않았다. 우물가엔 얌체들로 잠시 소란이 일기도 했지만 대부분의 사람들은 차분히 차례를 기다리고 있었다.

나는 그 광경이 그리 신기할 수 없었다. 어쩌면 한국 사람이 저렇게 차례를 지켜 기다리고 있을 수 있는지 참으로 감격적인 장면

이었다. 어림짐작에 족히 한 시간은 기다려야 한 모금 얻어 마실 수 있을 것 같은데 용케도 기다리고들 있었던 것이다.

줄을 선다는 건 대단히 중요한 일이다. 이것 하나만은 철저히 몸에 배게 가르쳐야 한다. 우리가 민주사회가 안 되는 가장 큰 장애요소라면 줄 설 줄 모르는 일이다. 이것 하나만은 철저히 가르쳐야 한다. 거기엔 무슨 요령도 없다. 우직하게 제 차례가 오기만을 기다려야 한다.

한데 우리는 이런 상황이 되면 줄이 제대로 지켜지지 않는다. 버스가 오면 뒷문으로 타는 사람도 있고 순간 줄은 흐트러지고 출입구는 아비규환의 수라장으로 변한다. 이게 우리의 사회의식이다. 이런 상황이 예견되면 아예 안가는 게 현명하다. 간 이상 순리대로 원칙을 지켜야 한다. 그러다 버스를 놓치는 한이 있더라도 그래야 한다.

사람들은 이럴 때 줄보다 먼저 생각하는 게 있다. 역의 아는 사람에게 부탁할 수 없을까? 그도 저도 안 되면 눈치껏 차표도 없이 타버리는 배짱도 있다.

제발 아이들 앞에 이런 짓만은 하지 말아야겠다. 그런 방법으로 일찍 집에 돌아왔다고 치자. 아이들에게 뭐랄 것인지가 궁금하다. 줄서 기다렸더라면 큰일 날 뻔했다. 요령껏 한 아비가 장하게 자랑이나 늘어놓지 않을는지 그저 가슴 조마조마하다.

결론부터 말하면 일찍부터 요령을 가르칠 필요는 없다. 세상을 그리 쉽게 살 생각을 가르쳐서야 될 말인가. 말이 요령이요, 임기응변이지 그건 불법이다. 엄히 따진다면 범죄행위다. 그걸 요령이라는 이름으로 아이들에게 보여줘선 안 된다. 어떤 명분으로도 이것만은 안 된다.

우리 아이가 워낙 눈치도 없고 요령이 없어 밥벌이나 해먹을 수 있을까 걱정이 되더라도 그건 아이에게 맡겨야 한다. 거기까지 부모가 나서 시범을 보이고 가르쳐야 할 의무는 없다. 나이가 들고 세상을 살다보면 나름대로 사는 슬기도 요령도 터득하게 된다.

그리고 그런 요령 안 부리고 좀 불편해도 원칙대로 살겠다면 그것도 아이가 자란 후의 자기 판단이다. 부모가 나서 가르칠 일은 아니라는 말이다. 괜히 일찍 서둘러 가르치다간 요령이나 부려 쉽게 살려는 사기꾼밖에 더 될 게 없다.

철의 여인이라는 대처 수상은 타협을 않는 것으로 유명했다. 자기가 옳다고 생각하면 절대로 굽히지 않았다. 탄광노조의 임금인상 압력에 끝까지 굴하지 않고 버틴 것이 고질적인 영국병을 고치게 한 원동력이 되었다.

'이래서는 나라가 망한다. 이미 대영제국은 시들고 있지 않는가' 국민은 그의 호소에 귀를 기울이기 시작했다. 여론을 업고 끝내 그는 이겼다.

정치가 타협이라지만 원칙을 어긴 타협은 오래 못 간다. 이것은 그가 어릴 적부터 그의 아버지 무릎에 앉아 익힌 생활신조였다. 동네 유지였던 아버지 응접실에는 정치, 종교, 사업 이야기 등으로 언제나 사람들이 붐볐다. 그때부터 아버지는 어린 딸에게 원칙대로 밀고 나가야 한다는 걸 몸소 보여줬다. 당장엔 인기가 없어도 먼 훗날 결국 이긴다는 사실을 가르친 것이다. 그가 수상직을 물러난 것도 참으로 멋있는 결단이었다.

늦어도 제 차례가 올 때까지 줄을 서 기다려야 한다. 그러다 마지막 버스를 타게 되는 한이 있더라도 그래야 한다. 그래야 한다는 걸 아이에게 보여주어야 한다. 최악의 경우 그날 못 돌아오는 수도 있을 것이다. 그런다고 무슨 망할 일이 생기는 것도 아니다. 지나고 나면 즐거운 기억으로 남는다. 버스가 없어 기차역까지 걸어서 간 기억도 즐겁다. 밤 하늘 별을 보며 시골역에서 기차를 기다리는 정취도 멋있다.

가나, 못 가나가 중요한 게 아니다. 어떻게 가느냐가 중요하다. 새치기라도 해서 앞질러 갈 건가, 암표라도 사서 쉽게 갈 건가? 이건 전적으로 우리의 선택이다. 그렇게라도 가야 한다면 가야지. 하지만 그런다고 그 사람의 인생이 얼마나 앞서 갈 수 있으랴. 설령 그래서 앞서 갔다고 그게 인생에서 무슨 중요한 의미를 갖는단 말이냐!

우리 한국 사람은 지나치게 목표지향적이다. 목표를 위해선 어떤 무리를 해도 좋다는 못된 생각들을 갖고 있다. 불법도 저지르고 부조리도 저지른다. 그래도 서울만 가면 된다. 그게 이기는 길이라고 생각하고 있다. 하지만 인생은 그런 게 아니다. 얼마나 가느냐가 중요한 게 아니라 어떻게 가느냐가 중요하다.

바르게 떳떳이, 순리대로 합리적으로 가야 한다. 그래서 목표에 못 닿는 한이 있더라도 가는 과정을 얼마나 충실히 하느냐가 더 중요하다. 줄을 서 기다리는 걸 아이들에게 보여 줘야 한다.

아버지의 일에 긍지를 갖게 하자

아버지 직업에 대한 긍지. 그것은 아버지의 태도가 만든다. 사회로부터 크게 존경을 받고 있진 못해도 가족을 위해 최선을 다하는 아버지의 일하는 모습을 지켜보는 것은 아이들에겐 큰 감동이요, 교육이 된다.

크리스마스 이브, 귀향 기분에 들뜬 승객들이 마지막 버스에 올랐다. 모두들 즐거운 표정이었다. 그러나 버스가 시골길로 접어들면서 심한 눈보라가 치기 시작했다. 앞이 보이지 않는 칠흑 같은 밤을 버스는 사정없이 달렸다. 승객들은 조마조마했다. 설렘은 차츰 두려움으로 변해가고 있었다. 속도를 줄여 줬으면 싶었지만 누구 하나 입을 여는 사람은 없었다. 버스는 겁 없이 달리고 있었다. 산길 커브를 돌 적엔 정말이지 간담이 서늘했다.

한데 이상한 일이었다. 버스 안에 오직 한 사람, 한 소년만이 즐거운 노래를 흥얼거리면서 놀고 있었다. 겁도 모를 정도의 나이는 이미 지나, 열 살은 넘어 보이는 아이였다. 승객들의 겁먹은 표정과는 달리 아이는 오로지 즐겁기만 한 표정이었다. 전혀 겁먹은 기색이 아니었다. 승객들은 그게 참으로 이상했다.

버스는 계속 무서운 속도로 질주, 이윽고 종착역에 무사히 닿았다. 사람들은 모두 '휴우'하고 안도의 숨을 쉬었다. 그리곤 그 소년에게 너는 버스가 그렇게 눈길을 달리는데도 겁이 나지 않더냐고 물었다. 소년은 고개를 저었다. 오히려 왜 그런 말을 묻는지 의아스런 표정이었다.

승객은 또 물었다.

"사고가 나면 어쩌려고, 너는 겁도 안나든?"

"사고요?"

그제야 소년은 승객이 묻는 뜻을 알아차린 모양이었다.

"사고 안나요. 우리 아버지가 운전한걸요."

이것이 바로 아버지를 믿는 힘이요, 아이를 밀고 가는 힘이다.

난 아이들에게 아버지가 하는 일을 보여 주기를 권한다. 비록 화려한 일은 아니라 하더라도, 비록 사람들로부터 추앙을 받는 높은 자리가 아니라도 좋다. 사람들 눈에 시시하고 하찮은 일터라도 상관없다. 멸시받는 일이라도 좋다. 그런 일도 마다않고 열심히 일할 수 있다는 걸 보여 줄 필요가 있다.

세상 일이란 게 다 화려할 수는 없다. 우리 주위엔 보이지 않는 곳에서 맡은 바 충실히 일하는 아버지들이 많다. 사람들이 기피하는 일도 열심히 할 수 있다는 것, 가족을 위해 말없이 일하는 아버지, 사회로부터 크게 존경을 받고 있진 못하지만 그래도 가족을 위해 최선을 다하는 아버지, 그런 아버지의 일하는 모습을 지켜보는 것은 아이들에겐 큰 감동이요, 교육이 된다.

아버지가 사는 진솔한 모습을 아이들에게 보여야 할 필요가 있다. 하지만 아버지의 불만을 보여선 안 된다. 자기 하는 일에 긍지와 자부가 없어도 좋다. 단 불평은 말아야 한다. 신세타령도 아이들 앞에선 안 된다. 세상에 못난 아버지가 아이들의 동정심을 사려는 사람이다. 아버지가 아이들로부터 얻어야 할 것은 이해와 공감이지 동정은 아니다. 자기 하는 일에 불평이나 늘어놓고 신세타령이나 한다면 철든 아이들에게 연민의 정을 느끼게 할는지는 몰라도 감동을 줄 순 없다.

아버지가 집에 돌아와 신세타령이나 하고 자기 하는 일에 불평불만이나 늘어놓는다면 그걸 보고 자라는 아이가 산다는 문제를 어떻게 생각하게 될 것인가. 출발도 못한 상태에서 앞으로의 인생을 어둡고 어려운 것으로, 불만이나 늘어놓아야 되는 것으로 생각하게 될 것이다.

사람들은 이상하게도 자기 하는 일에 긍지를 갖는 경우가 드물다. 나는 나막신 장수지만 너는 공부해서 출세해야 한다는 생각이다. 이걸 아주 노골적으로 강조하는 아버지도 있다. 아이들을 자극할 목적이었겠지. 공부 열심히 하라는 협박일 수도 있을 것이다.

이런 아버지일수록 자기 하는 일이 얼마나 싫고 힘든 일인지 과장해서 늘어놓길 잘한다. 그래도 죽지 못해 하는 것은 오직 너희들을 위해서라는 걸 인식시키기 위해서다. 그렇게 함으로써 아이들의 죄책감을 자극하여 언젠가는 아비 하는 일을 집어치울 수 있게 해 달라는 애원이요, 협박이다.

맙소사. 이런다고 아버지의 계산대로 아이들이 자극을 받아 공부를 열심히 하느냐? 확률은 희박하다. 오히려 어린 가슴에 일찍부터 인생이 힘들다는 걸 심어줌으로써 삶에의 자신을 잃게 한다. 공부는커녕 될 대로 되라는 인생이 된다.

우리는 아직도 직업에 관한 한 사회적인 고정관념에 매여 있다. 관존민비 사상도 아직은 강하게 남아 있고, 소위 사(士)자 돌림이라야 좋은 직업인 줄 알고 있다. 서구사회는 생각이 많이 다르다. 우리 눈에 시시하게 보이는 직업도 대를 이어가며 대단한 긍지에 차 있다. 서구의 아버지들은 아버지의 직업에 따라 기가 죽고 살고 하진 않는다.

아버지가 자기 하는 일을 창피하게 생각하면 아이도 마찬가지다. 열등감이 생기고 친구들 앞에 가면 기가 죽는다. 집에 친구를 데려 오지도 못하고 심지어는 거짓말도 하게 만든다.

아버지의 직업에 긍지를 갖게 하라. 그것은 아버지의 태도가 만든다. 아이들을 위해 이 말은 꼭 명심해야 한다. '아! 이 지겨운 일을 또 자식에게 물려줄 수야 없지 않은가?' 그게 걱정이라면 더욱 긍지를 보여야 한다. 자신 있게 자라면 아이들의 생각이 달라질 수도 있다.

그래도 가업을 계승하겠다면 그건 그의 선택이다. 단, 당신처럼 그 일을 그리 비참하게 생각하진 않을 것이다. 그렇다면 그 길을 반대할 까닭이 없지 않은가? 같은 일을 해도 마음이 다르다. 아버지 하는 일에 긍지를 갖게 해야 한다.

세상의 아버지는 위대하다 · · · ·

　김 군의 문제가 본격화된 것은 살던 집, 전세방을 또 옮겨야 했던 때였습니다. 주인집 아들이 제대하고 돌아오니 집을 비워 달라는 전갈을 받은 날, 밤늦게 돌아온 김 군은 술에 만취된 상태였습니다. '이렇게 살 바에야 다 죽어버리자'고 고함을 치면서 밤새 소란을 피웠습니다.

　그때까지만 해도 아버지처럼 말수도 적고 이렇다 할 문제도 없이 그저 여느 집 아이와 다를 바 없었습니다. 작은 공장의 기술자로 일하는 아버지는 한 푼을 헤프게 쓰지 않았습니다. 김 군 남매도 잘 자라 주었고, 문제라면 아이들이 고등학생이 되고 보니 덩치가 커서 두 칸 짜리 전세방을 구해야 하는 게 쉽지 않은 점이었습니다.

　겨우 얻은 집을 또 비워 달라니 아버지로서도 걱정이었습니다. 하지만 맏이인 김 군에겐 상당한 충격이었던 모양입니다. 몰래 마셔온 술을 그때부턴 대놓고 마시기 시작했습니다. 게다가 시비 걸고 싸우기를 반복, 경찰서 단골손님이 되었습니다. 공부가 제대로 될 리도 없겠죠.

　그가 무엇보다 싫었던 건 지겨운 셋방살이였습니다. 그는 아버지를 무시했고, 집 한 채 장만할 능력도 없이 아이는 왜 낳았느냐고 대들기도 했습니다. 그래도 아버지는 말이 없었습니다. 보다 못한 엄마가 김 군을 데리고 상담실에 나타났습니다. 그는 아버지를 미워한다기보다 무시하고 있었습니다. 무능한 가장, 세상사는 재주도 없는 가장으로 경멸하고 있었습니다. 김 군의 치료는 잘 되지 않았습니다. 자조적이고 파괴적인 행동은 얼마간 더 계속되었습니다.

그러던 어느 날이었습니다. 중소기업 진흥책을 위한 심포지엄에 그의 아버지가 연사로 주제 발표를 하게 되었습니다. 나는 김 군에게 온 가족과 함께 가 보기를 간청했습니다. 이것은 김 군에겐 혁명적인 계기가 되었습니다. 권유에 못 이겨 가긴 했지만 큰 기대를 하진 않았습니다. 원래 그런 아버지였으니까.

하지만 그게 아니었습니다. 아버지는 여느 때처럼 조용했습니다. 다른 연사처럼 유창하거나 톤이 높지도 않았지만 아버지는 차분한 어조로 논리정연하게 자기 소신을 밝혔습니다. 사람들은 뜨거운 박수를 보냈습니다. 그것은 결코 의례적인 박수가 아니었습니다. 뒷자리에 있던 김 군은 자신도 모르게 일어나 뜨거운 박수를 보냈습니다. 이건 대단한 감동이요, 충격이었습니다.

그날 이후 김 군의 태도는 완전히 달라졌습니다. 더 이상 시시하고 무능한 아버지가 아니었으니까요. 그는 진심으로 아버지를 존경하기 시작했습니다. 못난 자식에게 그런 수모를 당하고도 큰소리 한 번 치지 않았던 아버지가 이제야 위인처럼 다가오는 것이었습니다. 물론 술도 끊고, 내던졌던 책을 다시 펴들었습니다. 여름방학 동안 아버지가 다니는 공장에서 아르바이트를 하는 걸 끝으로 상담은 끝났습니다.

뽐낼 것도 없지만 뽐내지 않고 말없이 그저 자기 맡은 일을 열심히 하는 아버지, 가족을 위해 묵묵히 참고 오늘도 일터로 가는 아버지, 그가 하는 일이 비록 시시하고 하찮은 일인지는 모르겠습니다. 하지만 가족의 생계가 달려 있는 이상 그에겐 더없이 소중한 일터입니다. 세상의 아버지는 그래서 위대합니다. 시시하다고 경솔하게 함부로 판단해선 안 됩니다.

PART 05

아빠, 그렇게 키워선 안 됩니다

아이의 멘토가 되자

MENTORING 홀로서기를 가르친 아버지

도움의 손길은 함부로 뻗는 게 아니다.

직접 도와주기보다 문제를 스스로 해결하는 능력, 위기에 대처하는 능력을 가르쳐야 한다. 스스로 풀어야 제 것이 된다.

위기는 훈련하기 나름이다.

아이들은 실수할 수 있다. 그 뒷처리를 어떻게 하느냐는 부모의 태도에 달려있다.

야단칠 때는 때와 장소를 가리지 마라.

꾸중하는 데는 장소를 가리지 말아야 한다. 사람들 앞일수록 더욱 엄격히 꾸중해야 한다.

아이에게는 인색해야 한다.

주되 인색해야 하고, 또 무엇을 어떻게 줄 것인가도 생각하고 줘야 한다. 모든 걸 다 해주는 부모는 창조와 성취의 기쁨을 앗아가는 것이다.

도움은 독이다

도움의 손길은 함부로 뻗는 게 아니다. 혼자 풀면 능률은 떨어지겠지만 먼 장래를 내다볼 때는 그 편이 훨씬 능률적이라는 것이 명백히 증명되고 있다. 스스로 풀어야 제 것이 된다.

부모의 사랑이 무조건적이라는 생각은 힐러리 클린턴의 아버지 휴 로드햄에게는 통하지 않았다. 휴 로드햄은 아이가 난관에 부딪쳤을 때 무조건 도와주지 않고 스스로 해결책을 찾도록 가르쳤다. 구덩이에 빠진 아이에게 손을 내밀기 전에 어떻게 나올 건지 스스로 방법을 찾도록 한 것이다.

초등학교 시절 수학성적이 떨어지자 힐러리는 아버지에게 수학을 가르쳐 달라고 했다. 보통의 아버지 같으면 두 팔 걷어붙이고 가르쳤겠지만 휴 로드햄은 달랐다. 그는 힐러리가 평소보다 한 시간

일찍 일어난다면 가르쳐 주겠다고 제안했다. 원하는 것을 얻기 위해서는 스스로 노력해야 한다는 생각을 심어주기 위해서였다.

도움의 손길은 함부로 뻗는 게 아니다. 특히 자식 앞에선 신중해야 한다. 자전거나 스케이팅을 가르쳐보면 이 아이가 어떤 집에서 자랐는지를 쉽게 가늠할 수 있다. 과잉 부모 밑에서 자란 아이는 우선 몸이 무겁다. 자꾸 기대기 때문이다. 혼자 박차고 나가질 못하고 계속 잡고 놓질 않는다.

최악의 경우 부러질 각오라도 돼 있는 아이는 과감하다. 혼자 박차고 나간다. 넘어지면 일어나고 또 나간다. 이런 아이는 몸도 가볍다. 빨리 손을 놓고 저 혼자 해보려는 의지가 있기 때문이다. 한두 시간이면 거뜬히 배운다. 운동신경 탓이 아니라, 혼자 해보겠다는 의지의 문제다. 넘어지는 것쯤 각오하고 있는 아이는 '넘어지면 일어나면 되지!'하는 가벼운 생각으로 페달을 밟는다. 간단한 논리다.

이들의 과감성, 결단성은 작은 데서 출발한다. 넘어지면 일어나면 된다는 습관이 몸에 배어 있기 때문이다. 울면서 엄마나 쳐다보고 기다리는 아이와는 차원이 다르다.

넘어질 수도 있다. 그러나 주저앉지는 않을 것이다. 넘어지면 또 일어나면 된다. 이건 본능이다. 인간에겐 균형이 흐트러지면 그걸 다시 교정하려는 본능적인 힘이 작동하고 있다. 상처가 나도 깨끗이 아물어 나중엔 흉터마저 없어지는 것도 이러한 동물의 원상회복에의 본능이 있기 때문이다. 모든 생명체는 생명이 있는 한 이 힘이 작용하고 있다.

걸음마를 배우는 아이를 보라. 몇 번이고 엉덩방아를 찧어도 아이는 다시 일어난다. 넘어질 때마다 잠시 끙끙거리다가 또 일어난다. 아이는 결코 주저앉지 않는다. 이 힘을 믿어야 한다.

배추도 그렇다. 심은 뒤에 물을 안주면 오히려 더 튼튼하게 자란다. 물이 없다는 것은 배추에게 위기다. 그 위기에서 살아남기 위해 더 깊고 넓게 뿌리를 내리는 것이다. 그래서 웬만한 가뭄이나 바람에도 끄떡없는 단단한 뿌리를 갖는다.

우리는 아이들에게 자상하게 가르쳐 주는 전통이 있다. 학교 교육도 예외는 아니다. 애들은 입만 벌리고 앉았으면 선생님이 숟갈로 떠 넣어준다. 가만히 앉아 듣기만 해도 머리에 쏙쏙 들어가게 가르쳐야 명강의. 이런 교육법이 아이들의 문제해결능력을 위축시킨다. 사회에 나가서도 전혀 응용력이 없는 '죽은 교육'이라는 비판을 거세게 받고 있다. 한데도 가정에서나 학교에서나 이 폐습은 쉽게 고쳐지지 않고 있다.

서구식 교육은 이 점에서 아주 다르다. 문제를 풀고 못 풀고는 전적으로 아이들에게 맡겨진다. 따라서 숙제를 거들거나 도와주는 일은 없다. 못하면 못하는 대로 응분의 책임을 져야 한다. 그러자니 아이들의 학습진도가 느리고 성적도 오르지 않는다.

혼자 풀면 능률은 떨어지겠지만 먼 장래를 내다볼 때는 그 편이 훨씬 능률적이라는 것은 명백히 증명되고 있다. 응용력, 융통성, 문제해결능력에서 서구사람들이 우리보다 훨씬 앞서 있는 것은 이러한 교육의 차이에서 비롯된다.

이 원칙은 가정교육에서도 예외가 아니다. 이래라 저래라 하다 보니 어른이 보는 앞에선 잘한다. 하지만 혼자 사회에 나가면 그만 당황해서 어쩔 줄 모른다. 누가 지켜보지 않으면 신호는커녕 줄 하나 설 줄 모르는 게 우리 현실이다. 자율성이란 찾아볼 수도 없고 타율적인 인간으로 양산되는 것도 이런 가정교육 탓이다.

불교에 화두(話頭)라는 말이 있다. 알 듯 말 듯한 글귀를 계속 머리에 두고 생각하노라면 그 뜻이 무언가를 깨칠 수 있다. 물론, 끝내 깨우치지 못하고 일생을 마치는 수도 있다. 갑자기 아이들 가정교육에 왜 엉뚱한 소리를 하는지 궁금한 독자들도 있을 것이다. 그런 방법으로 중생을 깨우치려 했던 선방의 뜻을 한 번 생각해보자는 뜻에서다.

어떤 명승도 그 뜻을 자세히 풀어 설명해주지 않는다. 뜻을 둔 자는 스스로 풀어야 한다. 그래야 제 것이 된다. 머리로 아는 마른 지식이 아니라 가슴으로 느끼는 살아있는 지혜가 되는 것이다.

위기관리능력 키우기

> 한 인간의 그릇은 위기상황을 어떻게 대처하느냐에 따라 결정된다. 평소에 자신 있게 키웠다면 그런 위기에서도 당황하지 않고 차분히 상황을 분석, 문제점을 파악하고 적절한 해결책을 강구할 수 있다.

조카딸인 진희가 여섯 살쯤 되었을 때다. 미국에서 태어나 자란 진희는 생김새만 한국인일뿐 속은 미국 아이 그대로였다. 몇 년 만에 미국에 사는 동생 집을 방문한 나는 동생 가족과 함께 공원으로 나들이를 갔었다. 방학이라 사람도 많았고, 공연장, 동물원, 온갖 놀이시설들이 꽉 들어찬 공원은 마치 미로와도 같았다.

나무 그늘에 자리를 잡고 잠시 쉬는 동안 진희는 근처 가게에 아이스크림을 사러 갔다. 그런데 한참을 기다려도 아이는 돌아오지 않았다. 길을 잃은 게 아닐까? 나는 걱정이 되어 물었지만 막상 동생 내외는 태연했다. 여길 못 찾으면 미아보호소에서 기다릴 거라는 것이다. 그래도 내 얼굴이 걱정스레 보였던지 '이 안에서는 갈 데가 없어요'하고 한마디 덧붙였다.

이 무슨 배짱인가. 동생 내외는 쉴 것 다 쉬고 난 후에야 슬금슬금 근처 가게를 기웃거렸다. 역시 없었다. 그래서 가까운 미아보호소를 찾아갔다. 거기에는 길 잃은 아이가 많았다. 한데 나의 예상과는 달리 우는 아이가 하나도 없었다. 겁에 질린 녀석도 없고 부모를 기다리느라 두리번거리는 녀석도 없었다. 모두 노는 데 정신이 팔려 있었다.

진희도 그 속에 끼어 있었다. "진희!"하고 큰 소리로 부르니까 그제서 깡충거리고 뛰어 나왔다. "좀더 늦게 오면 좋았을 텐데. 이것도 마저 먹으려고 했는데……"하며 다 녹아빠진 아이스크림 한 개를 내밀었다.

우리나라 놀이공원의 미아보호소 풍경은 판이하게 다르다. 여기는 아주 울음의 합창이 벌어진다. 겁에 질린 아이가 말도 못한 채 부들부들 떨고 있고, 아이를 놓친 부모도 정신이 없다. 당황해서 어쩔 줄 모른다. 길 잃은 아이가 어떤 꼴이 될 것인가를 알기 때문이다. 울고불고 야단이 났을 것이다. 그 어린 것이 얼마나 당황할까? 어디선가 혼자 울고 섰을 텐데……. 이것저것 생각하면 안쓰럽기 그지없다.

문제는 여기 있다. 부모가 그렇게 생각하니까 아이가 그렇게 된다. 길을 잃어도 녀석은 당황하지 않을 것이다. 근처의 경찰 아저씨를 찾아갈 것이다. 안전한 곳에 보호되어 우리가 찾아갈 때까지 차분히 기다릴 것이다. 만약 당신 생각이 이렇다면 아이도 틀림없이 그 위기 상황을 침착하게 대처해나갈 것이다.

그래 이건 위기다. 인파 속에 부모를 놓친다는 건 아이에겐 충격이다. 어른도 그럴진대 하물며 철부지 아이야 오죽할까? 하지만 여기서 아이의 그릇이 판가름 난다. 평소에 자신 있게 키웠다면 그런 위기에서도 당황하지 않고 차분히 상황을 분석, 문제점을 파악하고 적절한 해결책을 강구할 수 있다.

위기란 위험하지만 한편으론 기회가 될 수 있다는 사실을 상기해라. 한 인간의 그릇은 위기상황을 어떻게 대처하느냐에 따라 결정된다. 이게 소위 위기관리능력이다.

잘 되어 가는 회사 사장은 누구라도 할 수 있다. 문제는 회사가 위기에 직면했을 때의 사장의 능력이다. 평소엔 유능, 무능간에 별 차이가 안 난다. 졸장부냐, 대장부냐 인물의 크기도 가늠할 수 없다. 그러나 대물은 위기에 처했을 때 그 진가를 발휘한다. 사람이 빛날 때는 이런 순간이다. 이럴 때 주위 사람으로부터 인정을 받는다. 출세도 그래서 한다. 난세에 영웅 난다는 소리도 그래서 나온 말이다.

위기란 훈련하기 나름이다. 이게 잘돼 있으면 여느 때처럼 차분하게 대처할 수 있게 된다. 아이들에게 위기란 실수를 저질렀을 때의 순간이다. 장난치다가 이웃집 유리창을 깼다든가, 혹은 친구가 다친다든가 하는 순간 아이들은 당황하기 마련이다. 놀라 달아나는 녀석도 있고, 어쩔 줄 몰라 그만 울기만 하는 놈, 겁먹은 나머지 부들부들 떨기만 하는 놈, 내 탓이 아니라고 시치미를 떼는 놈……. 아이들마다 그 반응이 다를 것이다. 아이의 성격이나 개성 그리고 부모의 평소 태도에 따라 다르다.

어느 아이든 실수는 저지른다. 아이는 실수의 대명사다. 문제는 그 뒷마무리를 어떻게 하느냐다. 그건 전적으로 부모의 태도에 달려있다.

✚ Brain

위기 시 본능적 반응

대뇌가 위기의식을 느끼면 모든 회로가 빠르게 작동된다. 민첩해져야 하기 때문이다. 기지도 발휘되고 힘도 생긴다. 대책이 정해지면 이를 담당하는 신체의 각 기관도 민첩하게 움직여야 한다. 자율신경은 생리적 준비를, 운동신경은 활동의 지시를 전달한다. 이 위기상황을 탈출하기 위한 본능적 반응이다.

다만 우리에게 필요한 건 이를 잘 관리할 수 있는 슬기와 용기다. 이런 위기상황에서의 흥분을 불안으로 오해하느냐, 아니면 준비완료의 신호로 아느냐의 차이에 따라 승패가 결정된다. 이를 적극적으로 긍정적인 방향으로 관리할 수 있어야 한다.

그래야 역경의 위기를 역으로 이용해 좋은 기회로 만들 수 있는 것이다. 곤란한 일이 생기거든 기회가 왔다고 생각하는 것이 좋다. 지금이 바로 성장의 기회라고 생각하라. 역경의 기회는 마치 양날의 칼과 같아서 상처를 주기도 하고 영광을 주기도 한다. 어느 쪽으로 활용할 것이냐가 슬기요, 결단이다.

• • •

야단칠 때는 때와 장소를 가리지 마라

아이를 야단칠 때는 때와 장소를 가리지 말아야 한다. 사람들 앞일수록 더욱 엄격하게 꾸짖어야 한다. 절대로 남에게 피해를 주는 일을 해선 안 된다.

밀리 다이어트는 빌리 그래함과는 사돈간이면서 미국의 정상급 강연가다. 나는 그의 오늘이 있기까지의 이야기를 아주 감명 깊게 들은 적이 있다.

그녀는 어릴 적부터 심한 장난꾸러기였다. 아버지가 목사인 교회 설교 시간에도 그의 장난은 그칠 줄 몰랐다. 엄마가 말리고 아버지가 설교대에서 눈짓을 했지만 막무가내였다. 설마 여기서 나를 어쩌겠냐 하는 배짱이었다. 하지만 그날은 사정이 달랐다. 아버지는 설교를 중단하셨다.

"여러분, 제 가정교육부터 먼저 해놓고 설교를 마쳐야겠습니다. 용서하십시오."

그리곤 조용히 내려와 밀리를 데리고 교회 밖으로 나갔다. 밀리가 잘못을 뉘우치고 용서를 빈 후에야 다시 데리고 들어와 설교를 마쳤다.

어린 밀리에게 이 사건은 대단한 충격이었다. '설마 여기서!'하는 그의 약은 계산이 빗나간 것은 물론이고 여러 사람 앞에서 자존심이 상하는 일이었다. 하지만 그날 이후 그는 아버지의 설교뿐 아니라 다른 사람의 이야기도 열심히 들어 후일 세계적인 설교가로 성장할 수 있었던 것이다.

서구의 부모는 손님 앞이라고 꾸중하는 데 주저하지 않는다. 오히려 더 하는 편이다. 그리고 여럿이 모이는 공공장소에서는 지켜야 할 규율이 더욱 엄격해서 아이나 어른이나 아주 긴장된다. 대화를 즐기되 남의 좌석에까지 방해하는 일은 없다. 그 많은 사람들이 모여 식사를 하지만 소리 하나 나지 않는다.

우리 식당에서는 옆자리 손님은 안중에 없이 자기 집 안방에 있는 것처럼 떠드는 사람들이 많다. 이렇게 우리는 어른이 되어도 유치원 어린애 수준을 못 벗어나고 있다. 외국 사람이 우리를 보고 '공중 어린이'라고 부르는 소이도 여기 있다.

줄 하나 설 줄 모르고, 쓰레기 함부로 버리고, 유원지 무질서 등 사람 모인 곳에서도 그저 나 편한 대로, 나 하고픈 대로 행동한다. 남이야 뭐라든 상관없다.

이러한 우리의 후진성이 어디서 유래됐을까? 꾸짖는 데 장소를 가리기 때문이다. 손님 앞에선 꾸중을 않는 게 우리의 법도다. 아이들 하는 짓이 마음에 안 들어도 그냥 참는다.

손님이 가신 후 혼내 주겠다는 계산으로 그저 눈짓으로만 말린다. 하지만 약은 게 아이다. 손님 앞에선 무사하리란 걸 아는 아이들이 쉽사리 그치질 않는다.

왜 그 자리서 따끔하게 야단을 안 치는지 알 수 없다. 손님 앞에서 불쾌한 꾸중을 한다는 게 예의가 아니란 생각일 수도 있을 것이다. 아이들 버릇 제대로 못 가르친 걸 인정하기 싫은 이유도 있을 것이다.

창피해서도 못한다. 기껏 한다는 소리가 손님 가면 혼난다는 위협이 고작이다. 아이들은 나중 일은 걱정 않는다. 손님 간 후까지를 걱정해서 조용히 하고 있을 아이들이 아니다.

이래서 우리 한국의 기차, 식당, 대합실, 어디든 사람 모이는 곳이면 아이들의 소란을 목격할 수 있다. 부모가 꾸중을 않으니 다른 사람들이 감히 함부로 입을 열 수가 없다. 남에게 피해를 줘선 안 된다. 이건 사회생활의 기본 원칙이다. 단단히 혼내줘야 한다. 꾸중하는 데는 장소를 가리지 말아야 한다. 사람들 앞일수록 더욱 엄격히 다스려야 한다.

궁핍은 창조의 어머니

아이들이 원하는 것을 무조건 사준다고 좋은 건 아니다. '궁즉통'이다. 궁하면 얻는 길을 생각하게 된다. 거기서 창의성이 개발되는 것이다.

장난감이 없으면 아이들은 새로운 놀이를 개발해낸다. 빈터에서 노는 아이들을 지켜보라. 깔깔대며 잘도 논다. 어린이에겐 무에서 유를 창조해내는 위대한 능력이 있다는 것을 실감하게 될 것이다. 이 능력을 잘 길러야 한다. 새로운 아이디어가 언제나 샘솟듯 우러나게 길러야 한다. 요즈음 교육에서는 창의성 개발을 중시한다. 따로 프로그램을 통해 훈련을 받는 것도 도움이 될 것이다. 하지만 보다 중요한 것은 인간에게 내재된 창조성을 말살시키지 않는 일이다.

무엇이 인간만이 가진 이 위대한 능력을 말살시키고 있는 것일까? 가정에서의 과잉부모와 학교에서의 획일적인 교육이 그 주범이다. 물론 일차적인 책임은 부모에 있다. 있다고 다 주는 부모가 원흉이다.

"필요하다는 건 다 사줬습니다. 어려운 형편에도 제가 원하는 건다 해주었습니다. 무엇이 부족해 우리 아이가 저 모양입니까? 상급학교로 갈수록 성적이 떨어져 이젠 아주 바닥권입니다. 초등학교때 IQ가 140이었어요. 도대체 무엇이 모자라 이 모양입니까?"

"부족한 게 없어서 그렇게 되는 겁니다."

아버지는 멍하니 나를 쳐다본다. 무슨 말인지 알 수가 없는 모양이다. 하긴 알 턱이 없지. 알았다면 아이에게 모든 걸 그렇게 다 해주진 않았을 테니까.

참고서만 있다면 숙제도 쉽다. 그저 베껴 내기만 하면 점수도 잘 나온다. 숙제 한 문제를 안고 밤을 새워 끙끙거리지 않아도 된다. 쉽고 편하다. 고생할 것도 없이 참고서만 펼쳐보면 간단히 해결된다. 그것도 모자라 부모가 옆에서 거들어 준다. 학교 성적은 오를 것이다. 하지만 여기에는 한계가 있다. 상급반으로 올라갈수록 폭넓은 사고와 응용력을 요하기 때문이다. 올라갈수록 성적이 떨어질 수밖에 없다.

무조건 해준다고 좋은 건 아니다. '궁즉통'이다. 궁하면 얻는 길을 생각하게 된다. 어디 공부뿐이랴. 세상사 모든 것이 그렇다. 장난감도 원하는 대로 사주면 이 역시 죄악이다. 창조성 개발용 학습 장난감도 있다. 하지만 조심해라. 오히려 창조성을 말살시킬지도 모른다.

남들이 싫증나서 버린 것, 혹은 고장 난 장난감이 창조성 개발엔 훨씬 효과적일 수도 있다. 우선 그런 것이나마 얻기 위해선 친구도 잘 사귀어야 한다. 그것도 창조다. 비록 망가진 것이라도 얻어 갖고 올 수 있는 소신도 중요한 덕목이다. 그걸 가져다 고친다고 분해하고 여기저기 헌것들을 주워 모아 조립하고……

이것이 창조가 아니고 무엇이냐? 단추만 누르면 잘 돌아가는 새것보다 덜컹거리는 헌 장난감이 창조성 개발에는 효과적이다. 이것저것 꿰어 맞추다 보면 모양도 이상해진다. 그러나 이건 어느 아이도 안 갖고 있는 새로운 스타일이다. 거기다 멋있는 이름을 붙이는 것도 창조다. 제 손으로 만들었다는 긍지도 생길 것이다.

아이들의 요구가 장난감만은 아니다. 용돈·옷·신발·운동기구 등 끝이 없다. 어디까지 들어줘야 하는지 경우에 따라 다르겠지만, 한 가지 분명한 원칙은 '인색해야 한다'는 사실이다. 창조성 개발을 위해서다.

라이트 형제가 비행기를 만들 수 있었던 위대한 창조성도 따지고 보면 '없는 데'서 출발했다. 이들도 어릴 적 썰매를 갖고 싶었다.

그러나 부모는 만들어주지 않았다. 결국 자기들 손으로 만들지 않으면 안 되었다.

아버지는 곁에서 조언하는 데 그쳤다. 당시는 아이들이 모두 상자 썰매를 탔지만 그래서는 바람의 저항 때문에 스피드가 날 수 없다는 게 아버지의 충고였다. 하지만 상자 없이 어떻게 앉지? 길게 해서 엎드려 타는 수밖에 없다.

설계대로 긴 썰매를 만들어 얼음판에 나갔을 적엔 동네 아이들이 그 괴상한 모양에 모두 웃었다. 그러나 형제는 자신만만이었다. 웃는 아이들을 보기 좋게 제치고 쏜살같이 달려 나가는 썰매 위에 형제의 환호가 하늘을 찔렀다. 이런 용기와 지혜가 비행기를 만들어 낸 것이다.

우리 딸아이는 학생 시절부터 자기 나름의 묘한 스타일로 옷을 입고 다녔다. 오빠 코트, 아빠 스웨터, 엄마 치마, 이것저것 손에 잡히는 대로 걸친다. 구두쇠 아비를 닮았는지 옷에 관한 한 돈을 안 쓴다. 자기가 걸치면 반코트가 돼 버리는 아비 T셔츠를 입고도 좋아라 하고 깔깔대며 외출한다. 그 아이를 보고 있노라면 배짱 하나 좋다. 나는 그럴 수 있는 딸아이가 좋다. 그렇게 입고도 잘 어울리는 것 또한 신기하다. 자기 개성이요, 자기 창조다.

아무래도 우리 한국 부모의 애들 사랑은 좀 지나치다. 요구하면

다 사준다. 책 하나를 요구하면 아예 한 세트로 사준다. 필요한 것만 골라 아이와 의논해서 사주어라. 주되 인색해야 한다. 있다고 다 주면 뭔가 구하려는 강력한 동기가 없어진다. 또 무엇을 어떻게 줄 것인가도 생각하고 줘야 한다.

성취의 기쁨

성취에의 본능, 이것은 고통을 감내하면서 우리로 하여금 새로운 일에 도전하게 하는 힘이다. 이 힘을 길러줘야 한다. 이것이 부모의 책임이다. 모든 걸 다 해주는 부모는 성취의 기쁨을 앗아가는 것이다.

동물을 움직이게 하는 동기 중 식욕만큼 강한 것도 없다. 그러나 인간에겐 한 차원 높은 또 하나의 큰 힘이 있다. 성취에의 기쁨이다.

제 손으로, 제 힘으로 뭔가를 이루었을 때의 그 기쁨을 만끽하기 위해 우리는 힘든 것도 참아가며 여러 가지 일을 한다. 비록 눈앞의 일이 힘들어도 그 후에 올 성취감을 위해 우리는 참고 일한다.

어린아이를 지켜보면 성취감이 얼마나 강한가를 알 수 있다. 기어다니는 아이가 혼자 서보려고 바둥거리는 모습을 지켜보라. 서는 듯

하다간 넘어지고, 넘어지면 잠시 찡그려 울다간 또 도전한다. 몇 번을 되풀이한다. 멍이 퍼렇게 들어도 아이는 혼자 서기를 포기하지 않는다. 무엇이 저 어린 것으로 하여금 그 힘든 일에 계속 도전하게 하는 것일까? 아픈 게 싫다면 그는 이미 혼자 서기를 포기했을 것이다.

아픈 걸 참아가면서도 계속 도전해야 할 만큼 중요한 것이 있다. 그건 성취에의 기쁨이다. 이윽고 녀석이 혼자 섰을 때의 그 순간을 지켜보라. 손뼉을 치며 지르는 그 환호성을 들어보라. 세상을 얻고도 저렇게 기쁠 수는 없을 것이다.

저 순간을 위해 아이는 아픈 것도 참아가며 계속 그 힘든 일에 도전한 것이다. 누구의 도움 없이 대지를 밟고, 제 힘으로 우뚝 선 것이다.

인간에겐 이렇게 위대한 힘이 내재되어 있다. 그 어린 것이 '성취의 기쁨'이 무엇인지를 알아서 한 일은 아닐 것이다. 그렇다면 그것은 타고난 본능적인 힘이다. 성취에의 본능, 이것이 우리로 하여금 계속 새로운 일에 도전하게 하는 힘이다. 눈앞의 고통을 감내하면서 언젠가는 이루어질 그 순간의 환희를 위해 열심히 그 일에 매달리게 하는 그런 힘이다.

이 힘을 길러야 한다. 이것이 부모의 책임이다. 이게 사라지는 날 그는 무슨 일이든 해볼 엄두를 안 낸다. 일할 재미도, 보람도 없기 때문이다. 불행히 우리 주위엔 그런 부모가 적지 않다. 성취의 기쁨을 앗아가는 부모다. 모든 걸 다 해주는 부모가 그 대표적인 예다.

부모가 다 해주니 아이는 제 손으로 할 일이 없다. 제 손으로 한 게 없으니 성취에의 기쁨을 맛볼 수가 없다. 이건 죄악이다. 부모가 자식에게 저지를 수 있는 죄 치고도 큰 죄다. 죄인이 안 되려면 인색해야 한다.

있다고 다 주어선 안 된다. 거들어줘서도 안 된다. 제 힘으로 하지 않는 이상 성취의 기쁨은 없기 때문이다. 결과가 시원찮아도 제 힘으로, 제 손으로 해야 한다.

모든 걸 다 갖춘 화려한 출발도 많다. 원하는 것 다 해주고 필요한 것 다 사주면 공부하는 데나 생활하는 데나 편리하긴 할 것이다. 능률적이고 발전도 빠를 것이다. '열쇠 세 개'를 쥐고 신혼생활을 시작하는 젊은이도 있다.

기왕이면 화려한 출발이 좋다. 하지만 한 가지, 이들이 가질 수 없는 건 성취의 기쁨이다. 무언가를 이루었을 때의 기쁨이 없는 것이다. 하긴 다 갖고 출발했으니 더 갖출 것도 없을 것이다. 가난한 주부가 커튼을 새로 달고 밤잠을 설치는 그런 흥분은 결코 느껴보지 못할 것이다.

자식에게 물려줄 재산은 없는 편이 좋다. 부모 유산이나 바라고 앉은 백수건달이 될 위험도 있지만 그보다 더 중요한 것은 그는 자력으로 이루어낸 성취의 기쁨을 맛볼 수 없기 때문이다. 무슨 일을 해도 보람을 느낄 수 없다면 무슨 재미로 일을 할 것이며 의욕인들 어찌 생길 건가.

부모가 자식한테 지을 수 있는 죄치고는 큰 죄라는 사실을 명심해야 한다.

홀로서기를 가르친 아버지

　이 아이는 누구도 어쩔 수 없는 중증 정신박약이었습니다. 유명 전문가의 진단도 받고 치료도 해봤지만 소용없다는 결론에 이르렀습니다.

　아버지는 소위 '치료'를 포기했습니다. 그렇다고 아이까지 포기한 건 아니었습니다. 그저 여느 아이와 똑같이 키우기로 마음을 바꿔 먹은 것이죠.

　학교도 일반 학교에 입학시켰습니다. 주위에선 특수학교, 특수시설에 넣으라고 성화였습니다. 학교 교사도 가세했습니다. 그러나 이 아버지는 분명했습니다.

　"여러분이 보다시피 이 아이는 느립니다. 그러나 자기 페이스대로 자라고 있습니다. 자기가 타고난 대로 자기 능력껏, 다만 좀 더디게 자랄 뿐입니다. 한 반 30명 아이 모두가 일등을 할 순 없듯이 아이마다 개성이 있습니다. 사교적인 아이가 있는가 하면 잘 우는 아이, 짜증을 잘 내는 아이도 있습니다. 우리 아이도 저것이 자기 개성입니다."

　담담한 어조로 말은 하지만 아버지의 태도는 단호했습니다.

　"누가 뭐래도 보통 아이처럼 키울 것입니다."

　하지만 그게 어디 쉬운 일인가요. 당장 이웃에서 불평이 터졌습니다.

　그럴 적마다 아버지는

　"야단을 쳐 주세요. 아주 혼을 내주세요."

　여느 아이처럼 똑같이 대해 달라는 부탁만 되풀이했습니다.

시간이 지나면서 아이도 나름대로 판단이 생기는 모양이었습니다. 까다롭게 야단치는 집은 피했습니다. 때론 친구들의 놀림감이 되기도 했습니다. 엄마는 차마 그 꼴을 볼 수 없었습니다.

"이봐, 성한 아이들도 다 놀림감이 될 수 있는 거야. 당신 학교 다닐 때를 생각해봐. 저 아이라고 예외일 수 없어. 저러면서 자라는 거야."

아버지 말은 옳았습니다.

이 아이에게도 그러면서 차츰 친구가 생기기 시작한 것이죠. 오히려 재미있고 즐겁다는 친구도 생겨났고 도와주는 친구도 있었습니다. 공부래야 아직 글도 못 읽는 수준이지만 그의 하루는 나름대로 즐겁고 충실했습니다. 그렇게 중학교도 졸업했습니다.

아직 갈 길은 멀지만 여기까지 온 것만으로도 고마운 일입니다. 앞으로도 이렇게 갈 것입니다. 여느 아이처럼 그렇게 키울 것입니다. 특수시설·치료, 특별 취급은 않을 것입니다.

어쨌든 고치려는 생각만은 금물입니다. 부족해도 인정하고 받아들일 수밖에 없습니다. 달리 아무것도 않고 그냥 둔다는 건 쉬운 일은 아니었습니다. 그런 아이를 믿고 아이 스스로에게 맡긴다는 건 상당한 용기가 필요한 일이었죠. 그러나 믿어야 합니다. 아이뿐 아니고 주위도 믿어야 합니다. 그 믿음이 오늘 여기까지 오게 한 힘이었습니다. 아무것도 않고 그냥 둔다는 것. 이건 어쩌면 잔인한 일일 수도 있습니다. 하지만 해도 소용없는 일이라면 그럴 수밖에.

아버지는 오랜 고민 끝에 이런 결론에 이르렀습니다. 장애아를 두게 됨으로써 그는 나름대로의 확고한 인생철학도 갖게 되었죠.

그는 아이가 어렸을 적 입원 치료에 대해 새삼 묻지 않을 수 없었습니다. 아침부터 밤까지 짜여진 틀에 넣어 마치 기계처럼 돌아가게 하는 게 과연 치료인가? 세수, 식사, 잠자리까지 어떻게 치료의 대상이 될 수 있다는 건가.

인간 생활 하나하나를 속박하는 것에 오싹 소름이 끼치기도 했습니다. '사람이 사람에게 '너 같은 인간은 안 돼. 이렇게 해야 돼!'라고 강요한다면 이게 과연 치료라는 이름으로 용납될 수 있는 일인가? 그리고 중요한 건, 그것을 믿고 끝까지 시설에서 치료 교육을 받은 아이들이 과연 내 아이와 무엇이 다른가? 다를 게 없다. 그 애들이 더 나을 게 없다. 오히려 우리 아이에겐 좋은 친구가 생겼고 현실 생활에 나름의 적응법을 터득했지 않은가.' 이건 결코 작은 일이 아닙니다.

이 아이를 바꿀 생각은 말아야 합니다. 고칠 생각도 말아야 합니다. 아이의 안 되는 점보다 되는 점을 믿어야 합니다. 고칠 게 있다면 '고쳐야 한다'는 우리 마음을 고쳐야 합니다. 아이의 장래를 못 미더워하는 우리의 불안을 고쳐야 합니다.

아이는 나름대로의 길을 갈 것입니다. 자기 페이스대로. 크게 생산적이진 못할 것입니다. 하지만 아이는 자기 삶을 충실하게, 풍성하게 살 것입니다. 우린 이걸 믿어야 합니다.

나는 이 아버지의 이야기를 들으면서 1996년 애틀랜타올림픽 마라톤 경기에서 마지막으로 골인한 선수의 모습이 떠올랐습니다. 마라톤 경기가 끝난 메인 스타디움엔 이미 폐회식 리허설이 진행되고 있었습니다. 출입구 통로마저 막힌 뒤였습니다. 경기 진행자도 설마 이 시간에 누가 들어오리라곤 생각 못했을 겁니다. 이미 출발 시간에서 4시간을 넘기고 있었기 때문입니다.

한데 웬걸, 그때까지 포기하지 않고 달려 들어온 선수가 있었습니다. 부랴부랴 통로를 열고 이 최후의 주자를 위해 길을 만들어야 했습니다. 최종 주자의 골인이라는 장내 방송이 나오자 스탠드의 관중들은 모두 기립, 열광적인 박수로 이 대단한 꼴찌를 환영한 것입니다. 일등보다 더 큰 박수와 환영이었다는 TV 해설자의 멘트와 함께.

PART 06

아빠, 그렇게 키워선 안 됩니다

학력보다 인간력

MENTORING 자연에서 삶의 활력을 배우다

안 보이는 학력을 길러줘야 한다.

아이들의 안 보이는 실력은 집에서 아빠들이 길러줘야 사회에 나가 제 몫을 해낼 수 있다.

인간으로서 지켜야 할 최소한의 기본을 가르쳐야 한다.

어떤 경우라도 공공장소에서 남에게 피해를 주는 행동은 철저히 통제해야 한다.

봉사정신을 길러줘야 한다.

물질적 대가보다 남을 위해 뭔가를 할 수 있다는 그 자체에서 큰 기쁨을 느낄 수 있는 덕목을 길러야 한다.

자연 속에서 키워라.

자연 속에서 낭만과 감성, 여유를 길러줘야 한다. 각박한 세상을 살아가는 힘이 될 것이다.

어느 시대나 통하는 인간력

안 보이는 학력, 즉 사회적 실력은 유치원이나 학교에서 쌓는 것
보다 아버지를 통해 쌓는 것이 크다. 아이들의 안 보이는 실력은
집에서 아빠들이 길러줘야 사회에 나가 제 몫을 해낼 수 있다.

학교에서는 대체로 학력을 가르친다. 공부를 열심히 하면 성적
이 오른다. 이것이 눈에 보이는 확실한 평가이자 결과이다. 그런가
하면 안 보이는 학력이 있다. 생활지도란에 적는 부분이 대체로 여
기에 속하지만 이것은 확실한 평가기준이 없다. 숫자로 표시되지
않는다.

그러나 사회에 나가면 안 보이는 학력이 더 중요해진다. 이것을
'실력'이라고 한다. 흔히 학교 우등생이 사회 낙제생이라는 말도 여
기서 비롯되었다. 공부만 하느라 책상에만 붙어 있는 아이는 사회

성이 제대로 발달될 리 없다.

최 씨는 판에 박힌, 전형적인 교육부 지정 수재다. 초, 중, 고등학교 12년 동안 열심히 공부하여 일류 대학, 일류 회사에 취직한 그야말로 축복받은 출발을 했다. 회사에서도 그의 학교 간판, 성적만 믿고 기획부서에 배치했다. 한데 영 능률적이지 못했다. 아이디어도, 창의성도 없고 융통성도 없다. 회의에서는 제안 한 가지 하는 일이 없다. 대신 남의 의견을 비판하는 짓은 곧잘 했다. 그나마 건설적인 비판이 아닌, 아주 교만한 자세로 빈정거리는 통에 누구도 그와는 대화를 하지 않으려 했다.

자기는 못하면서 남 의견에는 비판만 한다. 그의 비현실적인 자존심, 과대망상에 가까운 전능감으로 인해 기획실에선 완전히 따돌림을 받는 신세가 되었다. 할 수 없이 부서를 옮겼다. 그러나 거기서도 마찬가지, 전혀 융화되지 못했다. 타인과의 관계가 매끄럽지 못하다는 것이 가장 큰 문제였다. 특히 큰 고객과의 상담에서 그는 여러 차례 결정적 실수를 했다. 별일도 아닌 걸 꼬치꼬치 따지기도 해서 상대의 기분을 상하게 만들었다. 그와는 농담이 통하지 않았고, 괜히 신경질을 부리기도 해서 사람들은 접근을 회피했다.

그러면서도 제 딴엔 세상에 저보다 잘난 놈이 없다. 방자하고 교만해서 여직원들은 아예 인사조차 하지 않게 되었다. 그런 와중에 회사가 자기를 몰라준다는 둥 불만투성이였다.

상사의 설명에 의하면 그의 이러한 대인관계의 미숙으로 인해 회사로선 유형·무형의 큰 손실을 입었다고 한다. 진찰 소견 상 그는 정신병도, 노이로제도 아니었다. 다만 인간적인 섬세한 공감 능력이 모자랐고, 대인관계 지능지수가 어린아이 수준이었으며, 그의 어휘력 역시 나이나 학력에 턱없이 못 미치는 유치한 수준이었다.

왜 이렇게 되었을까? 모든 사람의 선망의 대상이었던 그에게 왜 이런 인격적인 결함이 생겼을까? 타고난 소질도 원인일 것이다. 하지만 초등학교, 중, 고 12년 동안 오직 공부만 해온 그의 생활사를 돌아보면 이해가 간다. 학교, 학원, 독서실 그리고 집에선 제 방에서 오직 공부만 해온 12년의 세월이었다. 친구 하나 없이 밀실에서 고독하게 공부만 파 온 12년이었다.

가장 감수성이 예민한 청소년 시절을 고스란히 밀실 공부를 위해 보낸 고독의 세월, 어찌 그 예민한 감수성에 흠집이 생기지 않으리요. 입시 공부가 낳은 비극이다.

사회에 나가면 학교 성적보다 사회성이 중요하다. 그렇다고 학교 성적이 중요하지 않다는 말은 아니다. 공부보다 과외활동이나 운동이나 친구 사귀는 게 중요하다고 생각하는 부모도 적지 않다. 하지만 뭐니 뭐니 해도 일단 공부 잘하는 아이가 되어야 한다. 학교 성적이 좋은 아이가 좋은 대학에 들어갈 수 있는 건 변함없는 사실이다. 즉, 보이는 학력을 기르는 게 먼저라는 말이다. 미국의 오바

마 대통령이 대한민국 교육 이야기를 자주 하는 이유도 이것이 곧 국력으로 이어지기 때문이다.

안 보이는 학력, 즉 사회적 실력은 유치원이나 학교에서 쌓는 것보다 아버지를 통해 쌓는 몫이 크다. 안 보이는 실력은 집에서 아빠들이 길러줘야 사회에 나가 제 몫을 해낼 수 있다. 때로는 학력이 좋은 사람들보다 사회에 나와 뛰어난 성과를 내는 사람도 있다.

그렇다면 안 보이는 실력이란 무엇인가? 너무 많아서 간단히 말할 수 없지만 인간 전체적 실력이라 할 수 있다. 인간으로서의 힘, 즉 '인간력(人間力)'이다. 머리가 좋다는 건 학교 성적뿐 아니라 사회에 나가 인간적 실력도 뛰어난 것이다. 물론 머리가 좋다고 성적이 좋은 건 아니다. 성적이 좋으려면 우수한 머리에 상당한 노력이 필요하다.

머리가 아무리 좋아도 노력하지 않으면 성적이 오르지 않는다. 보이는 학력은 형편없다. 바닥이다. 하지만 평소엔 과외활동이나 운동에 열을 올리다가 일단 때가 되면 무섭게 밀어붙여 거뜬히 일류대에 합격한다.

머리가 좀 시원찮아도 죽어라고 공부에 매달리면 성적은 좋을 수 있다. 보이는 학력은 올라간다. 하지만 대입은 번번이 낙방이다. 입시문제는 응용력이 풍부한 넓은 지식을 요하기 때문이다.

진짜 머리가 좋은 아이로 키우려면 보이지 않는 실력을 길러줘야 한다. 리더십, 표현력, 설득력, 사고력, 독창성, 예절, 도덕, 배려, 양보, 봉사, 희생 등등. 그야말로 폭넓은 인간성을 함양시켜줘야 한다.

✚ Brain

인간력은 6세 이전에

인간력의 기초는 유치원에서 닦여진다. 자기통제력 발달이 끝난 3세 이후에서 6세까지가 인간 뇌인 고등정신의 전두엽 발달이 일생에서 가장 왕성한 시기이기 때문이다.

물론 전두엽의 지성만으로 인간력이 길러질 수는 없다. 그 아래 변연계의 감성도 적절히 잘 표출할 수 있는 절제와 슬기도 함께 발달해야 한다. 지성과 감성의 절묘한 조화에서 인간력이 길러진다. 머리가 좋다는 건 뇌과학에서 신경 네트워크가 빽빽하게 잘 발달되었다는 뜻이다. 네트워크 형성은 인간의 고등중추가 왕성하게 발달하는 유치원 때 이루어진다.

예를 들면 사회에 나가면 자기 표현력이 대단히 중요하다. 이것을 기르기 위해선 부모가 평소에 잘 들어줘야 한다. 특히 사내아이는 언어발달이 늦어서 인내심을 갖고 잘 들어줘야 한다. 부모가 모범을 보인다며 말을 많이 할 게 아니라 들어주는 것이 더 중요하다. 그래야 아이는 자신감을 얻어 남들 앞에서 말하는 데 두려움을 갖지 않게 된다. 이런 보이지 않는 실력도 길러줘야 한다.

• • ●

긍정의 힘

긍정적인 아이들은 눈앞의 작은 이익에 연연하지 않으며 당장 일이 안 된다고 실망하지도 않는다. 항상 멀리, 앞을 내다본다. 긍정적인 아이들은 항상 주위 사람들의 마음까지 밝게 해준다.

흔히들 '노력이 제일이다'라고 하지만 그보다 더 중요한 건 낙천성이다. 긍정적인 아이들은 눈앞의 작은 이익에 연연하지 않으며 당장 일이 안 된다고 실망하지도 않는다. 항상 멀리, 앞을 내다본다.

내일은 잘될 것이라고 믿고 있기 때문에 어려운 여건 속에서도 항상 여유자작이다. 언젠가는 된다는 신념이 있기 때문이다. 아무리 급해도 먹을 것 다 먹고 잘 것 다 잔다. 해서 이런 성향은 단기전엔 불리할지 모르지만 인생이라는 먼 여정을 생각한다면 절대 유리하다. 무엇보다 이들에겐 건강이 보장된다. 생활에 여유가 있고 마음이 항상 밝기 때문이다.

음울하거나 초조한 얼굴이 아니다. 이들의 향일성은 주위 사람들의 마음까지 밝게 해준다. 단거리 선수는 아니다. 하지만 마라톤 체질이어서 쉽게 주저앉지 않는다. 길은 멀고 힘들어도 언제나 태양을 향해 달리고 있다.

한국 사람들은 이 점에서 대체로 낙제점이다. 세계에서 우리만큼 조급한 사람은 없다. 걸음도 세계에서 제일 빨리 걷고 밥도 초고속으로 먹어치운다. 한 치를 뒤지랴 눈에 불을 켜고 설친다. 목전의 이익에 핏대를 올릴 뿐 먼 장기계획을 세우지 못한다.

우리 주변을 둘러보라. 모두들 근심스런 얼굴로 초조일색이다. 이래선 못 이긴다. 사람 한평생은 결코 짧은 것이 아니다. 눈앞의 한두 사람 제쳤다고 이기는 게 아니다. 한두 점 떨어졌다고 지나친 과민반응은 금물이다. 낙제한다느니, 밥벌이도 못한다느니 하고 협박해선 안 된다.

그런 부정적 이미지가 머리에 박힌 이상 그 아이는 결코 여유로울 수 없다. 그저 쫓긴다. 공부를 해도 그렇게 안 되기 위해 한다. 잘되기 위해, 밝은 희망을 안고 공부하는 아이들과는 차원이 다르다. 행여 구렁텅이에 빠지랴 걱정, 긴장 일색인 아이와 겁 없이 달리는 아이와는 정말이지 하늘과 땅 차이다.

아이들 페이스에 맞춰야 한다. 한두 사람 제친다고 1등으로 골인하는 것도 아니다. 관중을 의식해서 오버 페이스 하다간 결국 중도

탈락할 수밖에 없다. 1등을 못해도 완주하는 편이 낫지 않은가.

멀리 앞을 보고 태양을 향해 달려야 할 아이들이다. 이런 아이들 앞에 작은 일에 실망하는 모습을 보여선 안 된다. 사업이 안 된다고 밤마다 술타령이나 하는 아버지, 한숨이나 짓고 앉은 어머니라면 온 집이 우울한 그림자로 어두워진다. 그런 부모 밑에 자란 아이에게 낙천성, 향일성을 기대할 수는 없는 일이다.

사업이 부도가 나 살던 집을 내주고 셋방으로 쫓겨나야 하는 경우도 있다. 철든 아이라면 함께 걱정하는 것까진 좋다. 하지만 실망, 좌절하는 빛을 보여선 안 된다. 이것은 부모로서의 기본적인 의무다.

아버지는 최선을 다 했지만 사업이 이렇게 되었으니 함께 이 난국을 이겨내야 하는 굳은 결의를 보여야 한다. 재기할 수 있다는 신념을 보여야 한다. 그게 영영 물거품이 되는 한이 있더라도 살아 있는 한 그 신념을 포기해선 안 된다. 적어도 아이들에게 그런 나약한 모습을 보여선 안 된다. 술이나 마시고 신세타령이나 하고 아이들 앞에 성질이나 부리는 아버지도 없지 않다. 이걸 못 견뎌 가출한 여고생도 있었다.

순이의 경우다. 아버지 회사가 부도나자 셋방 신세가 되었다. 순이는 무엇보다 친구들 앞에 자존심이 상했다. 하지만 그보다 견딜 수 없는 건 아버지의 나약한 모습이었다. 대낮부터 술타령이었다.

순이는 그 이상 견딜 수 없었다.

끝내 가출, 방탕한 생활이 시작되었다. 꿈 많던 여고시절을 뒤로 하고 그는 밤거리의 꽃으로 전락해버린 것이다. 그것은 아버지 사업의 실패가 부른 비극이 아니었다. 그런 상황에서 정신적으로 몰락한 아버지의 모습이 더 문제가 된 것이다.

'아무리 어려운 때라도 언젠가는 지나간다'는 신념을 아이들에게 심어 주지 못했던 것이다. 바닥에 떨어진 이상 이젠 더 떨어질 게 없다. 앞으로는 올라가는 일밖에 남은 게 없다. 재기할 수 있다는 신념을 아이들에게 심어줬어야 했다.

어려운 상황일수록 아이들에겐 밝은 내일을 향해 달릴 수 있는 낙천성을 길러줘야 한다. 이것 없이 성공은 없다. 실제로 아이들은 낙천성을 타고난다. 아이들의 천진난만한 모습을 지켜보노라면 내 말에 과장이 없음을 실감할 수 있을 것이다.

티 없이 밝게 태어난 아이들에게 부모가 하는 일이란 게 고작 근심, 걱정거리를 심어 주는 일이다. 나쁜 아이다, 야단맞는다, 혼난다, 쫓겨난다, 거지 된다…….

온종일 이런 소리를 듣고 자란 아이가 어떻게 될 것인가. 그것도 이 세상 누구보다 믿는 엄마, 아빠가 하는 말이라고 상상해보라. 낙천적 기질이 싹 가시고 말 것이다. 온통 세상이 근심, 걱정뿐이니 살맛도 없을 것이다. 무슨 일을 하려고 해도 불안하고 자신이 없다.

우울하다.

정신과 임상에선 이런 아이를 자주 만나게 된다. 그리고 그 부모를 만나면 이 아이가 이렇게밖에 될 수 없겠구나 하는 생각을 하게 된다. 그런가 하면 참으로 밝은 아이들도 많다. 바라만 봐도 내 기분이 좋은 그런 아이 말이다.

당신이 사장이라면 어떤 사람을 사원으로 뽑겠는가? 아이는 밝게 낙천적으로 길러야 한다.

손해 볼 줄 아는 아이

남을 위해 뭔가를 했을 때 스스로 기쁨을 느낄 수 있는 사람만큼 복된 사람은 없다. 미래사회는 이런 인간적인 사람을 요구하고 있다. 그래야 성공적인 인간관계를 맺을 수 있고 그게 출세의 발판을 만들어 준다.

맞고 들어오는 아이를 보는 것만큼 속상한 일도 없다. 그렇다고 주먹이나 휘두르는 불량배가 되길 바라는 건 아니지만 맞기보다 때리는 아이가 되었으면 하는 게 부모의 욕심이다.

약삭빠르질 못해 제 몫도 변변히 못 챙기는 아이, 놀림을 당해도 항의 한 번 제대로 못하는 아이……. 지켜봐야 하는 부모로선 참으로 속상한 일들이다.

그래서 때린 아이를 직접 나서 응징하는 부모도 있다. 싸움이 나면 옛날 부모들은 자기 집 아이를 꾸짖었지만 지금은 남의 아이를 혼낸다.

하지만 손해 볼 줄 아는 아이로 키워야 나중에 큰 것을 얻을 수 있다. 당한 아이들 마음은 더욱 아플 것이다. 너무 겁을 집어먹은 나머지 학교는커녕 골목 밖엘 나가지 않으려는 아이도 있다. 하지만 대개의 아이들은 속은 상해도 이튿날이면 털고 나간다. 이 점이다.

이것이 큰 그릇으로 만든다. 자존심이 상하고 울분이 치솟아도 이를 속으로 삭일 줄 알아야 한다. 세상 살다보면 참아야 할 때가 많다. 속이 상해도 참을 수 있는 능력, 이러한 인격적 성숙 없이는 무엇 하나 되는 일이 없다.

아이가 맞고 들어오거든 이걸 가르쳐라. 오늘은 네가 졌다. 속도 상할 것이다. 하지만 참고 돌아오길 잘했다. 그게 이기는 길이다. 진 게 아니라 져 준 것이다. 생각해보라. 주먹이나 흔들고 다니는 녀석은 사람들이 피한다.

너무 약삭빠른 녀석, 어떻게든지 떼를 쓰고 우겨서라도 절대로 손해 보지 않는 아이, 누구나 이런 사람은 싫어한다. 기피한다. 친구도 없다. 사람은 너무 영악해도 못쓴다. 사람이 따르지 않기 때문이다.

세상에 저 혼자 똑똑하고 힘세고 잘난 척하면 불행히 누구도 그런 사람을 좋아하거나 존경하고 따르진 않는다. 반장 선거를 해도 낙선이다. 지도자는커녕 자랄수록 고독한 낙오자로 전락하고 만다.

사람은 좀 어수룩한 구석이 있어야 매력이다. 여유가 있고 인간미가 있어 보인다. 장사를 해도 좀 어수룩한 구석이 있어야 사람들이 흥정을 붙여 온다. 너무 똑똑한 장사꾼에겐 손님도 없다. 어쩐지 흥정도 안 될 것 같고 자칫 속을지도 모른다는 선입관 때문이다.

사리가 이러함에도 부모들은 하나같이 똑똑한 아이, 안 지는 아이를 기대한다. 하지만 세상 사람들은 그런 사람을 싫어한다는 사실을 알아야 한다. 자기를 이기는 사람을 좋아할 바보는 없다. 내 것만 챙기고, 하나라도 손해날 짓은 하지 않는 그런 사람을 좋아할 바보도 물론 없다.

호인이 되어야 한다. 이게 힘이다. 끝내는 이 사람이 이긴다. 당장에는 제 몫도 변변히 못 챙기는 바보 같이 보인다. 하지만 이 아이가 큰 그릇이 된다.

손해 보는 일도 좀 해라. 그러나 그건 눈 앞의 손해지 긴 안목으로는 결국 손해가 아니다. 어떤 형태로든 내게 돌아오더란 사실이다. 엄밀히 말해 이 세상에 어떤 일도 손해 보는 일은 없다. 내가 손해를 보면 상대는 득을 볼 것이다. 하지만 그게 절대로 공짜일 순 없다. 그는 어떤 형태로든 그 빚을 갚으려 들 것이다.

타산을 하려면 크게 하라. 한 푼 던져 두 푼 건질 생각 말고 먼 훗날 천하를 얻을 그런 타산을 하자. 살고 보니 인생이 결코 짧은 게 아니구나 하는 사실을 느낄 때가 너무 많다. 단기전만으로는 이길 수 없다. 눈 앞의 소리(小利)에 연연하지 말자. 내가 손해 좀 본다는 선이 항상 적정선이란 걸 잊어선 안된다.

여기서 한 발 더 나아가 남을 돕는 일, 남의 고통을 함께하는 일, 남을 기쁘게 하는 일, 그렇게 함으로써 내 마음이 즐거운 사람, 이런 일을 즐거이 할 수 있는 사람, 그러면서도 손해 본다든가 희생한다, 또는 억울하다는 등의 생각을 않는 사람. 이런 사람이라면 존경을 받는다.

내 주위에 이런 사람이 하나라도 있다면 참으로 축복 받은 일이다. 그리고 나 자신이 그러한 인격을 갖춘 사람이 될 수 있다면 그 이상 더 바랄 것이 없다. 명심하라. 미래사회는 이런 인간적인 사람을 요구하고 있다. 그래야 성공적인 인간관계를 맺을 수 있고 그게 출세의 발판을 만들어 준다.

지금 우리 사회가 이렇게 각박하고 살벌하게 된 것도 이런 애타적인 사람들이 자꾸 사라져가고 있기 때문이다. 그러다간 바보라고 손가락질이나 안 받으면 다행이다.

그러나 다행히도 우리 주위엔 남을 아끼는 사람들이 건재하고 있다는 사실이다. 비록 소리는 없지만 사회의 어두운 구석에서 작은 빛이 되어 빛나고 있다. 그래서 우린 지금도 숨을 쉬고 살고 있는 것이다. 이 험한 세상에서.

남을 위해 뭔가를 했을 때 스스로 기쁨을 느낄 수 있는 사람만큼 복된 사람은 없다. 항상 여유롭고 풍족하다. 사람은 태어나면서 이런 심성을 갖고 태어난다. 그저 자라면서 그 더러운 욕심 때문에 가리어질 뿐이다. 이 착한 심성을 잘 가꾸어 나가야 한다.

어리석은 구석이 있는 아이가 좋다. 좀은 바보스러운 게 좋다. 때리는 아이보다 맞는 아이, 영악스럽게 따지기보다는 선뜻 내 것을 내놓는 아이……. 저러다 밥 빌어먹겠나 싶겠지만 천만에 말씀, 그런 아이가 큰 그릇이 된다.

공중도덕은 철저히 가르쳐야

인간사회에서 인간으로서 지켜야 할 최소한의 기본을 가르쳐야 한다. 특히 남에게 피해를 줘선 안 된다. 어떤 경우라도 공공장소에서 남에게 피해를 주는 행동은 철저히 통제해야 한다.

남에게 피해를 줘선 안 된다. 이건 사회생활의 기본 원칙이다. 우리가 지켜야 할 최소한의 가치관이다. 한데도 우리는 이 점에 관한 한 너무나 관대하다. 단단히 혼내 줘야 한다. 꾸중하는 데는 장소를 가리지 말아야 한다. 사람들 앞일수록 더욱 엄격히 다스려야 한다.

이 점에서 우리는 더욱 엄격하고 철저해야 한다. 그렇게 하지 않으면 우리 사회의 이 무질서는 영영 고쳐지지 않을 것이다.

서구 부모는 이 점에서 대단히 엄격하다. 어떤 경우에도 공공장소에서 남에게 피해를 주는 행동에 대해선 철저히 통제한다. 좀 과장된 표현을 한다면 서구 아이들은 '야성 동물'처럼 취급되어진다.

인간사회에 동화되기 위해선 인간으로서 지켜야 할 최소한의 기본을 가르쳐야 한다. 그것은 곧 자기 통제다. 떠들고 싶어도 남에게 피해를 줄 염려가 있을 때는 참아야 한다. 이걸 지키지 못하는 아이를 엄히 꾸짖는 게 서구의 부모다. 이 점에선 가혹할 만큼 엄격하다.

한편 미국 아이는 이와는 사뭇 다르다. 평등주의 원칙에 철저한 미국 아이들은 자율적인 면이 특히 강조된다. 아이들 방도 따로 주고, 응접실에선 부모 손님과도 함께 대화를 하는 등 일찍부터 가족 구성원으로서 어른 대접을 받는다. 그만큼 개성이 존중되고 독립심이 일찍부터 길러진다. 따라서 미국 아이들은 그런 대접에 상응하여 공공장소에선 천연덕스러울 만큼 어른 노릇을 잘한다. 내 개인 권리를 주장하는 만큼 그들은 남의 권리도 존중한다.

서구의 권위적인 방법에 비해 미국은 민주적이다. 하지만 남에게 피해를 주지 않는다는 원칙만은 철저히 훈련받게 된다.

어느 방법이 좋은 것인지는 이론이 많을 것이다. 다만 우리는 그 어느 쪽도 아니라는 데 문제가 있다. 우리는 아이를 애완용으로 생각한다. 안고, 업고, 빨고, 항상 끼고 다닌다. 그저 귀여워서 꾸중한 번 않는다. 자율도 독립도 아니다. 그렇다고 엄한 통제 교육도아닌 그저 귀여움 일색이다.

아이에겐 온 집이 제 방이다. 이방 저방 어지럽혀 놓는다. 던지고 부수고……. 온 집안에 분란을 일으켜 놓아도 으레 그러려니 하고 그냥 둔다. 이런 관용적인 태도는 아이가 제법 철이 들어서도 마찬가지다. 그러니까 남들이야 뭐라든 나 하고 싶은 대로 해버린다.

어느 세월에 공중의식이 움틀 건가. 절대로 남에게 피해를 주는 일을 해선 안 된다.

봉사하는 삶

우린 남을 위해 대가 없이 무슨 일인가를 한다는 걸 바보짓으로 여겼다. 해서 우리에겐 봉사라는 덕목이 전혀 길러지지 못했다. 물질적 대가보다 남을 위해 뭔가를 할 수 있다는 그 자체에서 큰 기쁨을 느낄 수 있는 덕목을 길러줘야 한다.

방학철을 맞으면 병원은 몰려드는 자원봉사 학생들로 때 아닌 북적거림을 맛보아야 한다. 일 시켜달라는 아이는 많은데 마땅히 시킬 일은 없고 해서 담당자가 곤혹스러울 정도다. 한데 그런 자원봉사가 내신성적 때문이라니 씁쓸한 기분을 지울 수 없다.

솔직히 이건 자원봉사가 아니다. 아이들 얼굴만 봐도 알겠다. 전혀 즐거운 표정이 아니다. 억지로 나와 시간만 때우고 도장 하나 받겠다는 게 역력하다.

이것이 우리 국민의 의식수준이다. 아이들 탓할 일이 아니다. 자원봉사란 이름 그대로 스스로의 뜻에 따라 남을 위해 하는 일이다. 그렇게 함으로써 만족과 큰 즐거움을 얻는 일이다.

서구 사람들은 이런 봉사정신이 몸에 배어 있다. 실제로 이들의 자원봉사 활동을 지켜보노라면 존경스럽기까지 하다. 어떻게 저렇게 궂은일을 그렇게 즐거운 기분으로 할 수 있을까. 고매한 인격의 소유자로 보인다.

왜 그 일을 하느냐고 물을 때면 그들의 대답은 한결같다. '하고 싶어서 하는 것'이다. 그 외에 달리 이유가 있을 수 없다. 남을 돕고 싶다는 기분이 중요할 뿐 어떤 보상도 기대하지 않는다. 그래서 봉사다. 그 시간에 다른 일을 하면 돈도 벌텐데? 참으로 한국적인 질문을 하지 않을 수 없었다.

"난 지금의 내 생활에 만족합니다. 그 시간에 다른 일을 하면 돈이야 더 벌겠지요. 하지만 내가 누구에겐가 필요한 사람이 된다는 만족감이 훨씬 더 좋기 때문이죠."

질문을 한 내가 부끄러웠다. 우린 어릴 적부터 남을 위해 무엇인가를 한다는 훈련이 안 되어 있다. "누구 좋으라고?" 대가도 없는 일에 남 좋으라고 무엇인가를 한다는 것은 하기 싫고 어리석은 짓으로 가르쳤다. 물질적 대가 없이 무슨 일인가를 한다는 걸 바보짓으로 여겼던 것이다. 해서 우리에겐 봉사라는 덕목이 전혀 길러지지 못했다. 그 점에서 우린 참으로 부끄러워해야 할 일이다.

많은 면에서 우린 선진화되고 세계화되었다. 한데도 유독 봉사

정신만은 아직 미개수준이다. 물질적 대가보다 남을 위해 뭔가를 할 수 있다는 그 자체에서 큰 기쁨을 느낄 수 있는 덕목을 길러줘야 한다. 우리는 그동안 할아버지 등을 안마해준 손자에게 돈을 준다는 게 전혀 이상한 일이 아닌 사회였다. 흐뭇해하시는 할아버지의 모습을 지켜보는 것만으로 무한한 기쁨을 느낄 수 있는 아이로 키울 순 없었을까?

돈을 내미는 할아버지나 그것을 당연한 것으로 받아들이는 손자가 전혀 이상하지 않은 우리 사회가 정녕 이상한 것이 아닐까?

자연의 벗으로 키워라

아이는 태양 아래, 진흙 속에서 키워야 한다. 이렇게 자란 아이는 그 심성이 악해질 수가 없다. 세상이 아무리 각박해도 이들에겐 생활의 여유를 찾을 줄 아는 슬기가 생긴다. 이런 심성을 길러준다는 건 어떤 유산보다 더 값진 것이다.

아이는 그 시대 그 사회에 맞게 키워야 한다. 따라서 시대와 문화권에 따라 아이를 키우는 데는 차이가 많다. 그러나 어느 나라, 어느 민족이건간에 한 가지 공통점이 있다. '아이는 태양 아래, 진흙 속에서 키워야 한다'는 것이다.

이것은 동서고금의 진리다. 온실의 화초가 아니고 바람 부는 들판의 들꽃처럼 키우란 뜻이다. 아무렇게나 뒹굴어 거무스레한 얼굴에 조금은 거칠게 키우란 소리다. 그래야 이 험한 세상, 어떤 일이 닥쳐도 헤쳐나갈 수 있을 것이다.

해수욕장엔 가끔 진풍경이 벌어진다. 고급 호텔에서 해말쑥한 얼굴의 아이들 손을 잡고 나오는 부모를 만난다. 저 아이들은 냉방이 잘된 방에서 어젯밤 잠도 잘 잤으리라. 모기에 뜯기며, 밤이슬 맞으며, 모래밭에 뒹굴며 잔 아이들과는 얼굴부터 다르다. 살이 찌다 못해 걸음걸이도 뒤뚱거린다.

배가 나온 사장 아버지의 호위 아래 거드름을 피며 나온다. 우월감도 생길 것이다. 사람들은 길을 비키며 부러운 시선으로 이들 가족을 바라본다. 하지만 그게 과연 아이들에게 교육적일 것인가. 제기분 좋아 그러는 것이지 진정 아이들의 장래를 위해 유익한 것인지는 생각 못해본 사람이다.

바다에 온 이상 아이들은 모래사장에 뒹굴며 놀아야 한다. 파도소리를 들으며 바다 바람에 꿈을 싣고 끝없는 먼 항해 속에 잠이 들어야 한다. 산에 온 이상 아이들은 낙엽 위에 뒹굴며 자야 한다. 별을 헤며 숲 냄새, 풀벌레 울음 속에 아이들은 자연의 경이로움에 젖어들 것이다.

이렇게 자란 아이는 심성이 악해질 수가 없다. 흙처럼 부드럽고 별처럼 아름답다. 시가 나오고 낭만이 무엇인가를 안다. 사는 멋을 알게 된다. 자란 후 세상이 아무리 각박해도 이들에겐 생활의 여유를 찾을 줄 아는 슬기가 생긴다. 물 한 잔을 들고 길가 벤치에 앉아도 세상을 얻은 듯 넉넉한 여유를 만끽할 수 있다.

바쁜 사무실 창틈으로 한줄기 바람만 불어와도 눈앞의 화나는 일들이 사라진다. 피곤한 하루를 마치고 밤하늘의 별을 쳐다보는 것만으로도 하루의 짜증이 말끔히 가시고 푸근한 마음으로 돌아갈 수 있는 여유, 이러한 심성이 길러지기까지는 부모의 세심한 배려가 필수적이다. 그리고 이런 심성을 길러준다는 건 어떤 유산보다 더 값진 것이란 사실도 잊어선 안 된다.

자연 속에 묻혀 사는 사람, 자연을 사랑하는 사람, 자연의 경이로움, 신비로움을 진하게 체험한 사람, 이들 마음속엔 가장 순수한 영혼이 그리고 감성의 물결이 일렁인다. 그것은 어쩌면 태양처럼 뜨거운 정열인지도 모른다. 어떤 가식도 용납될 수 없는 순수한 정열일 것이다. 역경 속에서도 그들에겐 여유가 있다. 그럴수록 인간적인 순수성이 샘처럼 솟아난다.

태양 아래 진흙 속에 내버려둬야 한다. 싸우다 코피가 터질 수도 있을 것이다. 가시에 찔려 상처가 날 수도 있을 것이다. 하지만 걱정할 것 없다. 그대로 두어라. 스스로 알아서 처리하도록 해야 한다. 까짓 상처쯤 제가 알아서 못하면 나중에 자란 후 더 큰 마음의 상처를 입으면 어떻게 극복할 것인가? 긁힌 상처쯤 제 손으로 치유할 수 있어야 앞으로 닥쳐올 마음의 상처를 치유할 수 있는 아이로 자랄 수 있다.

이게 진흙 속에 뒹굴며 자란 아이들의 생리요, 정신 자세다. 냉방 잘된 고급 호텔에서 자고 나온 아이들에겐 상상도 할 수 없는 힘이다. 호텔 방은 나약한 아이들의 온상이다. 부모의 허영, 과시가 아이들을 나약한 불구로 만들고 있는 것이다. 그게 진정 아이들을 위한 것인가. 어른 욕심이 빚어낸 비극으로, 제 기분 좋아서 한 짓이 아이들의 건강을 앗아가고 있다는 것을 모른다.

서구의 부모들은 자신들은 최고급 호텔에 머물러도 아이들은 배낭여행을 시킨다. 그나마 제 손으로 번 돈으로 보낸다. 물론 아이들도 호화판 휴가를 기대하지 않는다. 자기가 번만큼 자기 분수대로 떠난다. 도전적이고 뜨거운 정열이 가슴에 가득하다. 바람의 딸, 태양의 아들로 진흙 속에서 키워야 한다.

✛ Brain

자연에서의 순수 체험

도시 생활은 오감에 불쾌한 자극을 주기 때문에 스트레스를 준다. 오감에의 불쾌한 자극과 신피질에 의해 억압받아온 시상하부를 해방시키기 위해서는 오감에 쾌적한 자극을 주면 된다.

가장 간단한 방법은 자연으로 가는 것이다. 우리가 흙바닥에 털썩 주저 앉으면 마치 엄마 품처럼 아늑하고 편안함을 느끼게 되는데 이를 '순수 체험' 또는 '원(原) 체험'이라고 한다. 수백만 년 동안 우리 유전자에는 자연과 함께한 역사가 각인되어 있다. 뇌과학에선 이를 '변연계의 공명 (Limbic Resonance)'이라고 한다.

푸른 신록, 바람에 흔들리는 나뭇잎, 찬란한 저녁노을, 은은히 울리는 풍경 소리, 풀벌레 울음과 새들의 합창, 싱그러운 풀내음, 자연에서 체험하는 오감은 태곳적 체험으로 변연계에 되살아나 공명을 일으킨다. 시상하부가 쾌적함으로 넘쳐나며 정서를 풍요롭게 한다. 창조성과 예술성도 이런 체험에서 비롯된다. 자연과 접촉이 없는 아이들은 정서적으로 메말라 따뜻한 인간관계를 형성할 수 없다.

●　●　●

자연에서 삶의 활력을 배우다

천식으로 콜록거리는 중1 학생이 있었습니다. 바람만 불어도 증상이 심해졌고, 비나 눈이 오면 꼼짝없이 방안에 갇혀 지내야 했습니다. 그러나 천식 전문의는 이 아이의 알레르기 원인을 찾을 수가 없었습니다.

내가 이 아이를 진찰해보니 천식보다 허약한 신체와 정신이 더 문제였습니다. 무엇이 가장 하고 싶으냐는 질문에 그는 눈싸움이라고 대답했습니다. 그의 아버지를 불렀습니다. 아무래도 엄마는 안 될 것 같아서였습니다. 이 아이를 스키장으로 데려가라고 권했습니다. 썰매도 타고 눈싸움도 하고 스키도 가르치라고 했습니다. 어이가 없었던지 멍하니 나를 쳐다보던 아버지가 큰 결심을 한 듯 말했습니다.

"좋습니다. 저렇게 가두어 놓고 말려 죽이느니 차라리 그 편이 좋겠습니다."

신기한 일 아닙니까. 아이는 그 해 겨울 내내 감기 한 번, 기침 한 번 하지 않았습니다. 까맣게 그을린 얼굴로 내 앞에 나타난 그 애가 누구인지 알아보지 못했을 정도였죠. 건강하고 씩씩한 아이가 되어 돌아온 것입니다. 인간은 자연 속에서 가장 자연스럽고 건강한 법입니다.

미국 동북부 지역의 산들은 역대 대통령 이름을 따서 부릅니다. 해서 제일 높은 산 이름은 워싱턴입니다. 이 험한 준령을 타고 활강하는 젊은 스키어들이 있습니다. 보기만 해도 아슬아슬, 넘어지기도 하고 다치기도 합니다. 그들은 스키를 등에 메고 반나절이 족히 걸리는 바위산을 타고 정상에 올라갑니다. 그리곤 그 죽음의 계곡을 향해 젊음을 던집니다. 넘어지지 않는다면 활강은 불과 몇 분 만에 끝납니다. 잠시의 스릴을 위해 그들은 반나절의 긴 고행을 하는 것입니다.

신디는 생화학 박사 과정을 밟고 있는 여학생이었는데 작은 체구에 창백한 얼굴이었습니다. 언제 봐도 얌전하고 조용한 여학생이었죠. 산 중턱 캠프까지 무사히 따라와 준 것만으로도 고맙게 생각하고 있었습니다. 한데 이게 웬일인가요. 점심을 마치더니 스키를 챙겨 정상을 향해 오르는 게 아닌가요. '아니, 네가?' 난 정말이지 깜짝 놀랐습니다. 나를 안심시키려는지 그는 웃어 보였습니다. 중학교 때부터 해온 짓이라 여기 온 이상 그냥 돌아갈 수 없다는 거였습니다.

난 신디의 뒷모습을 물끄러미 바라보며 '저 힘이 저 여자를 여기까지 밀고 왔구나'란 생각을 참으로 진하게 했습니다. 갓 스물에 박사 학위 예비 과정을 밟는다는 건 보통 수재가 아니라는 소리입니다. 머리도 물론이지만 용기도 뒷받침되어야 합니다. 며칠 밤을 새워가며 버텨내야 할 체력도 있어야 합니다.

신디는 이 모든 조건을 두루 갖추고 있었습니다. 겉보기와는 전혀 다른 모습이었습니다. 어쩌다 식당에서 만나는 신디의 모습은 전형적인 '공부벌레'였으니까요. 핼쑥한 얼굴에 두꺼운 안경, 그런 신디가 저리도 강한 야성을 감추고 있을 줄이야. 신디가 연구에 매진할 수 있었던 원천은 자연이 주는 활력이었던 것입니다.

세상으로 떠나 보내라

MENTORING 아프리카로 떠난 딸

끊어라! 떠나보내라!

양육의 궁극적인 목적은 자립. 세상을 제 힘으로 살아갈 수 있는 자립심을 키워주기 위해서는 일찍 아이들을 떠나보내야 한다.

가장 귀여운 자식에겐 여행을 시켜라.

혼자만의 여행길에서 부딪치며 생각하며 그리고 스스로를 대견스럽다고 느끼면서 집의 소중함을 깨닫게 하는 것, 이것이 여행의 진수요, 교훈이다.

인생은 장거리 경기다.

큰 재목은 하루아침에 만들어지지 않는다. 누가 나를 앞질러 간다고 초조해할 필요 없다. 그냥 자신의 페이스대로 달리면 된다.

세계를 향하라.

우리 아이들을 우물 안 개구리로 만들어선 안 된다. '세계는 넓고 할 일은 많다.' 갇힌 마음, 닫힌 마음, 좁은 마음을 저 넓은 세계를 향해 활짝 열어야 한다.

다 큰 어른 아이들

> 보내라! 끊어라! 그래야 큰 놈이 된다. 일찍 끊을 수 있는 아이
> 만이 세상을 제 힘으로 자신 있게 살아갈 수 있다. 부모 끈에 매
> 달려 눈치나 보는 비굴한 자식으로 만들고 싶지 않거든 일찌감
> 치 떠나보내라.

아버지는 자식을 떠나보내는 것이고 어머니는 끌어안는 것이다.
아버지는 끊는 것, 엄마는 잇는 것 — 이것이 부성과 모성으로 일컬
어지는 자식에 대한 애정 구조의 기본적인 차이점이다. 아버지에게
야단맞고 제 방으로 돌아간 아이에게 살며시 다가가 치마폭에 감싸
주는 게 세상의 어머니다. 야단을 치는 건 끊는 일이요, 감싸주는
건 잇는 일이다.

우는 아이를 업고 다니는 사람은 세상에 엄마뿐이다. 아버지는
잘 노는 아이와 놀지, 우는 아이는 야단치고 쫓아낸다. 같은 자식도

잘난 놈을 더 예뻐하는 게 아버지다. 그래서 부성은 선택적이고 조건부 사랑이다.

하지만 엄마는 무조건 사랑이다. 열 손가락 깨물어 안 아픈 마디가 없다는 것도 한국 엄마의 무조건적 포용에서 비롯된 말이다. 엄마 눈엔 못난 자식 잘난 자식이 따로 없다. 구박받는 자식도 죽을 때까지 끼고 돈다. 그래서 우리는 일생을 통해 엄마를 떠나지 못한다. 그 사이엔 끊을래야 끊을 수 없는 연으로 서리서리 얽혀 있다. 공부는 물론 결혼시켜 집 사주고 가게까지 차려 준다. 그도 모자라 철따라 김장, 된장 다 담가주고 아이들 치다꺼리까지 다 맡는다.

끊어 보내는 아버지와 끌어안는 어머니, 오랜 세월 이어져온 뿌리 깊은 애정 구조다. 그러나 요즈음은 집집마다 아이가 하나 혹은 둘뿐이다. 그러니 아버지도 '하나뿐인 내 새끼'하며 감싸 안기 급급하다. 눈에 넣어도 안 아픈 내 자식을 떠나보내랴? 손사래가 절로 쳐질 것이다.

아버지는 물론 엄마에게도 부성적인 절단력이 강한 게 서구 가정이다. 일찍부터 아이들을 떠나보낸다. 심정 윤리보다 규정 윤리에 더 철저하다. 어릴 적부터 용돈은 제 손으로 벌어 써야 하며, 대학에 들어갈 나이가 되면 부모와 일체의 관계를 끊고 멀리 떠나 스스로의 힘으로 살아나가야 한다. 이들은 일찍부터 끊고, 떠나보내는 훈련이 잘 돼 있기 때문에 자율성, 독립심이 강하다.

우리는 나이가 들어도 부모에 대한 일체감이 세상 어느 나라보다 강하다. 어느 나라 사람이건 부모에 대한 그리움이 없으랴. 하지만 그들에겐 어디까지나 그리운 추억으로 남아 있지 우리처럼 떨어질 수도 없고, 또 떨어져 있어도 언젠가는 돌아가야 하는 강한 귀속의식은 없다. 난 이걸 굳이 탓하고 싶진 않다.

하지만 끊지 못하고, 떠나보내지 못하기 때문에 날로 나약해지고 심약해져 가는 우리 주위의 다 큰 '어른 아이들' 생각도 좀 하자는 거다. 부모가 자신이 없기 때문에 놓지 못하고 있는 것이다. 당장 자기 마음이 허전하니까 잡고 있는 부모도 있고, 저걸 어떻게 혼자 내보내나 싶어 불안해서 못 보내는 부모도 있을 것이다. 하지만 결론은 떠나보내야 한다는 것이다.

끊어야 한다. 그 보이지 않는 줄에 매달려 부모 눈치나 살피고 빈둥거리는 그 자식을 바라본다는 게 위안이라면 당신은 참으로 잔인한 부모다. 아비 유산이나 넘보고 변변한 직장도 없이 빈둥거리는 자식. 며느리도 시부모 눈치 보기 바쁘다.

보내라! 끊어라! 그래야 큰 놈이 된다. 일찍 끊을 수 있는 아이만이 세상을 제 힘으로 자신 있게 살아갈 수 있다. 부모 끈에 매달려 눈치나 보는 비굴한 자식으로 만들고 싶지 않거든 일찌감치 떠나보내라.

달라진 성공의 기준

성공도 행복도 남들이 세운 기준이 아니고 자기 기준에 따른다. 남들 눈엔 실패자라도 자기가 만족하는 인생이라면 그게 성공이다. 좋아하는 것을 하게 해야 한다. 그리고 한 발 더 나아가 좋아하는 것을 할 수 있다는 것이 얼마나 힘든 일인가도 가르쳐야 한다.

"영 걱정입니다. 아이에게 무슨 일을 시켜야 좋을지……."

내 대답은 한 가지, 아이가 좋아하는 일을 시켜야 한다는 것이다. 군이 안 시켜도 요즈음 아이는 그렇게 할 것이다. 부모 마음에 안 든다고 말릴 생각 말고 그냥 가게 두어야 한다. 세상 사람이 뭐라든 상관 말아야 한다. 아이의 진로에 관한 한 남의 눈을 의식하지 말고 아이 자신의 기준에 따라야 한다.

강 부장은 중소기업의 간부로서 평범한 가정의 가장이었다. 문제는 그의 외아들이다. 중학교를 다니면서부터 무용학원에 나가기 시작한 것이다. 나중에야 알게 된 부모가 펄쩍 뛴 것은 물론, 벼락 호통을 쳤다. 사내 녀석이 무슨 해괴한 짓이냐? 난리가 났다.

하지만 아들의 고집은 꺾을 수 없었다. 진학도 아예 예술고등학교로 했다. 화가 난 아버지가 얼마나 때렸던지 다리에 깁스를 해야 할 지경이었다. 그의 말대로 발목을 부러뜨려 놓은 것이다. 다시는 못하겠지. 그러나 깁스를 풀기 무섭게 아이는 또 교습장으로 나갔다.

이젠 아버지도 지쳤다. 더 이상 말릴 기력조차 없었다. 우연히 켠 TV에서 아들의 춤추는 모습을 본 아버지는 드디어 실신하고 말았다. 강 부장은 그 이후 TV 노이로제에 걸려 아예 TV를 켜지도 않았다.

아버지의 성화에는 아랑곳없이 아이는 꼬박 집으로 돌아왔다. 아버지와는 대화도 물론 얼굴을 마주치는 일도 없었지만 그는 제가 할 노릇은 다했다. 과일도 사들고 오고, 아버지 보약도 지어 오곤 했다.

졸업 후에는 학원도 독자적으로 운영하는 등 바쁜 생활을 하면서도 외박 한 번 하지 않는 모범 청년이었다. 연예인들이라면 스캔들, 마약, 문란한 생활 등이 연상되지만 이 아들은 아직 술, 담배도 모르는 모든 면에서 모범생이었다.

그 망할 놈의 무용만 아니라면 아이는 어디 내놓아도 나무랄 데

없는 청년이었다. 나도 상담을 위해 아버지의 권유에 못 이겨 몇 번 만났지만 아주 건전한 아이였다. 하지만 아버지는 아들이 정신병자라고 굳게 믿었다. 제발 그 낡은 고집 좀 버려 줬으면 싶었지만 강 부장에겐 어려운 주문이었다.

시대가 바뀌면 생각도 달라져야 한다. 세상은 지금 무서운 속도로 변해가고 있다. 오늘의 인기직이 20년, 아니 10년 후에도 장래성이 있으란 보장은 없다. 인기 직업이 해마다 바뀌고 있다는 사실 하나만으로도 부모의 고집은 버려야 한다.

우리 학교 시절만 해도 그림을 그린다거나 음악 혹은 시를 쓰네 하고 돌아다니는 청년에겐 딸을 주지 않았다. 운동선수도 건달이나 하는 짓이었다. 하지만 요즈음은 어떤가. 이들의 주가가 하늘을 치솟는다. 우리가 생각했던 '건달'들은 한 시대를 앞서 간 선각자다.

절대빈곤의 시대는 물러갔다. 이젠 저 하고 싶은 것 하고 살아도 굶어죽진 않는다. 부모가 들어도 모르는 새로운 직업이 계속 생겨나고 있다. 아이들 진로에 억지는 부리지 말라. 출세니 성공이니 하는 의미도 아주 달라지고 있다. 가고 싶은 길을 가게 하라. 인생은 길다. 가다 싫으면 바꿀 수도 있다.

전통적인 가치관이 쉬 바뀌진 않지만 그래도 짧은 근대화 과정에서 우리는 많이도 변했다는 걸 느끼게 된다.

행세깨나 하는 집안의 젊은 부부가 술집을 차린다는 건 있을 수 없는 일이었다. 그것도 제 손으로 직접 만들고, 젊은 며느리가 손님 접대하고, 돈 받고……. 정말이지 상상도 할 수 없었다. 하지만 요즈음 그건 흉이 아니다. 멋으로 보는 사람도 있다. 둘이 함께 열심히 일하는 모습을 부러워하는 눈길도 있다.

우리가 그만큼 변했다는 뜻이다. 이젠 낡은 가치관에 얽매여, 남의 이목이 두려워 싫은 일을 억지로 해야 하는 그런 시대는 이미 아니다. 자기 의사, 자기 판단을 존중하는 시대다. 내가 좋으면 좋은 것이다.

친척도 싫으면 싫은 거지 의무감에서 억지로 좋아하지 않는다. 좋은 이웃과 사귀지 혈연을 중시해서 친척을 굳이 찾진 않는다. 기승을 부리던 지연, 학연의 의미도 차츰 약화되어 간다.

현실적으로도 요즈음 사람에겐 직연(職緣·직장에서의 인연)이 제일 중요하게 되었다. 당장 온종일 함께 지내야 할 동료나 상사, 후배가 정서적으로나 기능적으로 내겐 제일 중요한 사람들이다.

어떤 의미에선 가족보다 더 중요한 의미를 갖는 게 직연이다. 그래서 오늘의 한국 사회를 '직연사회'라 불러도 전혀 과장이 아니다. 그러나 이런 현상도 오래 못 갈 것 같다. 한국적 고용 체계가 붕괴되면서 직연 역시 별 볼일 없게 되어 가고 있다.

직원들에게도 충성심을 기대하지 않거니와 직장인 역시 샐러리맨으로서의 충성을 다하지 않게 되며, 직장 내의 인간관계 역시 유대가 약해질 수밖에 없다. 더구나 앞으로 재택근무자가 증가하면 직연은 더욱 약화될 것이다.

대신 앞으론 좋은 사람끼리만 만나게 될 가능성이 커진다. 부부도 싫으면 이혼이다. 가족으로서의 의무보다 좋으냐 싫으냐의 기준이 우선이다. 다른 인간관계도 이것이 기준이다.

상대가 누구이든, 어떤 관계이든 상관없다. 좋으면 그만이다. 좋은 사람끼리 클럽도 만들고 자주 만난다. 벌써 동호인 클럽이 눈에 띄게 늘어났다. 같은 걸 즐기는 사람끼리의 모임이다.

여기선 전인(全人)적인 관계가 필요치 않다. 축구 동호인이면 모여 축구만 즐기면 된다. 축구를 하는 동안에 인간성이니 인품이니, 혹은 사회적 지위니 하는 건 아무런 의미가 없다. 싫으면 그만두면 된다. 새로운 클럽을 만들 수도 있다.

이런 사회를 '호연(好緣)사회'라 부른다. 어떤 인연의 인간관계보다 서로 좋아하는 사람끼리의 만남을 가장 중히 여긴다. 직업도 직장도 인간관계도 '좋아하는 것'이 기준이다.

유행도 이젠 남들이 좋다고 따라가진 않는다. 자기가 좋아야 한다. 고급 브랜드도 별로다. 싸구려라도 제 눈에 좋으면 그게 좋은 것이다.

성공도 행복도 남들이 세운 기준이 아니고 자기 기준에 따른다. 남들 눈엔 실패자라도 자기가 만족하는 인생이라면 그게 성공이다. 부모의 기준과는 차이가 날 수밖에 없다. 마찰, 충돌이 불가피해질 수밖에 없다.

누구 뜻에 따라야 하나? 불행히도 여기에는 현명한 대답이나 해결책은 없다. 다만 유념해야 할 것은 그 인생이 누구의 인생이냐는 것만 확실히 해두면 된다. 그리고 그런 생을 살아감으로 인해 남에게 폐를 끼쳐선 안 된다는 사실만 명심하면 된다.

직장이 싫으면 그만둘 수도 있다. 단 직장에 손해를 끼쳐선 안 된다. 싫으면 이혼이다. 하지만 상대에게, 아이에게 상처를 줘선 안 된다.

좋아하는 것을 하게 해야 한다. 그리고 한 발 더 나아가 좋아하는 것을 할 수 있다는 것이 얼마나 힘든 일인가도 가르쳐야 한다.

홀로 여행을 보내라

미지의 세계, 불확실의 여정. 이것이 여행의 진수다. 자라는 아이들에게 여행을 보내야 한다. 그것도 멀리, 혼자 보내야 한다. 독립심을 기르는 데 이보다 더 좋은 방법은 없다.

'가장 귀여운 자식에겐 여행을 시켜라.' — 인도의 격언이다.

아이들의 독립심을 기르는 데 이보다 더 좋은 방법은 없으리라. 혼자 먼 길을 나서면 갑자기 어른스러워짐을 느낄 수 있다. 집에서처럼 응석이 통하지 않는다는 걸 알기 때문이다. 모든 일을 혼자 처리하지 않으면 안 되기 때문이다. 무슨 차를 타야 할지, 어디로 가야 할지 순간순간 많은 판단이 자기를 기다리고 있다. 의논할 사람도 없다. 깊이 생각할 여유도 없다. 순간적인 판단을 하고 실행에 옮겨야 하는 게 여행길이다. 새로운 상황이 벌어지면 새로운 방법으로 대처해야 한다. 다음 순간 또 무슨 일이 일어날 것인지 가벼운 긴장과 불안이 스쳐갈 것이다. 그러면서 또 한편 모험과 스릴로 신이 날 것이다.

이러한 흥분들로 이어지는 여행길은 아무리 조용한 아이라도 차분히 있게 놓아주질 않는다. 흥분인지 불안인지 가슴이 뛴다. 그저 온몸이 근질근질해서 어쩔 줄 모른다. 당황할 때도 있고, 혼이 날 일도 생긴다.

그런저런 일들을 다 겪어가며 무사히 집으로 돌아오면 그제야 집의 푸근함을 느낄 수 있다. 집이란 게 이렇게 편하고 좋은 곳이구나 하는 진한 느낌, 이게 어쩌면 여행에서 얻은 가장 큰 수확인지도 모른다. 아이들은 집이라면 그저 잔소리 듣고 속박 받는 따분한 곳이라고 생각하기 쉽다. 그래서 반항하고 때로는 가출에 대한 환상마저도 갖게 된다.

자유로이 어디론가 가고 싶은 데로 훨훨 떨치고 떠나고 싶은 방황심리는 청소년 누구에게나 있다. 이걸 충족시켜 주면서 혼자만의 여행길에서 부딪치며 생각하며 그리고 스스로를 대견스럽다고 느끼면서 집의 소중함을 깨닫게 하는 것, 이것이 여행의 진수요, 교훈이다.

내가 혼자 문경에서 동촌 고향까지의 대장정에 오른 것은 초등학교 1학년을 마치고서였다. 그것은 대단히 멀고도 복잡한 길이었다. 출발부터가 험난했다. 고향에 가겠다고 어머니를 졸라댔지만 데려갈 사람이 없어 안 되겠다는 것이었다. 혼자라도 가겠다고 떼를 썼지만 어머니는 들은 척도 않았다. 평소에는 대범한 어머니였지만 그 먼 길을 혼자 보내기엔 자신이 없으셨던 모양이다. 덤벙대고 설치기를 좋아하는 내 기질을 아는 어머니로서는 그건 어쩌면 적절한 판단이었는지 모른다.

한데 이게 웬일인가? 아버지가 아무 말 없이 데리고 나가 점촌 가는 버스에 태워 주시는 게 아닌가. 가슴에 꼬리표를 달고 점촌에서 기차에 올랐다. 다시 김천에서 기차를 바꿔 타고 대구에 도착할 무렵엔 그 긴 여름 해도 뉘엿뉘엿 서산을 넘어가고 있었다. 이상한 설움 같은 느낌이 잠시 들었다. 다시 동촌 가는 기차를 갈아타야 한다. 역 사무실에서 차 시간까지 또 얼마를 반 연금상태에서 기다려야 했다.

아침부터 온종일 차를 탔지만 난 지겹다는 생각은 추호도 없었다. 동촌에 내리니 앞집 아제를 위시해서 고향사람들이 한마당 나와 나를 기다리고 있었다. 나는 마치 개선장군처럼 당당히 아제의 등말을 타고 그 넓은 비행장 들판을 가로질러 고향으로 향했다. 그 기분이란!

지금도 그때의 감격을 되새기노라면 코끝이 시큰해지곤 한다. 기차간에서 친절했던 승객들, 틈틈이 나를 돌보러 와주던 차장 아저씨, 빨간 그물주머니에 들었던 삶은 밤 맛하며, 기차간을 스쳐 지나가는 낯선 풍경들, 난 잠시도 자리에 앉아 있을 수 없었다. 이 자리 저 자리 옮겨 다니다 콧잔등을 부딪쳐 코피가 흘렀을 때의 캄캄한 기억까지 나에겐 참으로 소중한 추억으로 고스란히 남아 있다. 내게 있어 고향까지의 대장정은 참으로 값진 체험이었다.

사람마다 자라는 동안 나름대로의 큰 사건을 경험하게 된다. 때로는 아프게, 때로는 즐겁게 다가오는 크고 작은 이런 사건들이 얼마나 나를 성숙시키는 촉진제가 되었던가. 돌이켜 보면 수긍이 갈 것이다. 마디마디 대나무처럼 큰 사건 하나가 지날 적마다 우리는 보다 더 어른스러워지는 걸 스스로 느낄 수 있다.

주머니에 7달러 20센트를 넣고 미국 유학을 합네 하고 집을 떠나던 날에도 난 두려움이나 걱정보다 흥분이 앞서 있었다. 따지고 보면 그건 참으로 무모한 짓이었다. 아마 이 세상 누구도 그 먼 미국길에 그 돈을 넣고 떠나는 사람은 없을 것이다. 그때만 해도 미국은 달나라만큼이나 먼 길이었다.

하지만 난 자신만만했었다. 가히 돈키호테의 자만에 가까운 똥배짱이었다. 하지만 이것이 내 인생을 그런대로 풍요롭고 역동적으로 만들어준 것이다.

겁 없이 떠났던 여행길, 그리고 조심하라는 말 한마디 없이 성큼 버스에 태워주셨던 아버지의 용기가 없었던들 오늘의 나는 좀 다른 모습이 되어 있을 것이다.

난 지금도 계획 없는 여행을 잘 떠난다. 호텔 예약, 심지어 식당 메뉴까지 미리 짜여진 여행을 하는 사람도 없진 않지만 난 그렇게 매이는 건 싫다. 또 그렇게 안전이 보장된 그런 여행은 스릴이 없어 싫다. 여행길엔 생각지도 않았던 해프닝도 일어나야 한다. 새로운 변수, 전혀 예기치 않았던 일들이 벌어져야 비로소 여행의 참맛을 본다.

미지의 세계, 불확실의 여정 — 이것이 여행의 진수다. 이것이 걱정이고 이런 것들을 대비해 완벽한 준비를 해야 한다면 당신은 그리 진취적인 사람은 아니다. 모험이나 도전이 없는 소극적인 사람이다. 그런 변수들이 걱정이 아닌 흥분이어야 한다. 적어도 자라는 아이들에게만은 그래야 한다. 그렇게 길러야 한다. 여행을 보내야 한다. 그것도 멀리, 혼자 보내야 한다.

대의만성

큰 재목은 하루아침에 만들어지지 않는다. 언젠가는 이긴다. 그 날까지 참고 기다릴 줄 아는 큰 그릇으로 키워야 한다. 당장의 이익에 급급하지 말고 먼 앞 날을 내다보고 뚜벅뚜벅 걸어가야 한다.

'네가 낫다(You are better).'

아버지의 이 한마디가 그를 세계 챔피언으로 만든 것이다. 1989년 프랑스 오픈대회에서 무명의 마이클 창이 세계 테니스계에 혜성처럼 나타났다. 국제시합 경험도 없는 10대의 신인이었다. 전문가는 그의 승리요인을 '뜨는 볼'을 치는 데 있다고 분석했다. 공이 땅에 떨어져 떠오르는 순간에 되받아 치는 것이다. 그러면 상대가 미처 준비할 시간적 여유가 없기 때문에 쉽게 이길 수 있다.

테니스를 해본 사람이면 이건 누구나 다 안다. 하지만 실수 없이 그렇게 칠 수 있기란 대단히 힘든 일이다. 공이 오는 방향으로 민첩하게 달려가야 할 뿐 아니라 그 외에도 여러 가지 고도의 기술을 요한다. 마이클은 어릴 적부터 테니스를 시작했다. 중국계의 가냘픈 체형인 그는 힘보다는 기술에 의존하지 않으면 안 되었다.

'뜨는 볼을 치도록 하자.'

그는 이렇게 마음먹고 연습을 했지만 그게 쉽지가 않았다. 학교 시합에서도 번번이 패했다. 좌절에 빠져 고개를 떨구고 나오는 아들에게 아버지는 힘주어 말했다.

"네가 낫다."

이건 그냥 위로하려는 말이 아니었다. 뜨는 볼을 치려다 지긴 했지만 언젠가는 저게 성공하는 날 큰 선수가 될 수 있을 것이란 확신이 있었기 때문이다. 까짓 학교 시합이나 지방대회에서 지는 것쯤 문제가 아니었다. 먼 훗날의 대승을 위해 작은 시합쯤 참고 기다릴 줄 알았던 마이클이 되었다. 이것이 그를 마침내 세계 챔피언으로 만든 힘이 된 것이다.

우리는 이게 안 된다. 당장 이겨야 한다. 선수도 부모도 코치도 이 점에서는 똑같다. 당장 이기려니 요령부터 가르쳐야 한다. 잔꾀, 잔재주부터 배워야 하니 기본기를 익힐 틈이 없다. 당장 눈앞의 시합을 대비하기 위해서다.

우리는 이 점에서 큰 취약점을 안고 있는 민족이다. 훗날의 대성보다 눈앞의 작은 것이 급하다. 당장 눈앞의 작은 것부터 확실히 먹어두자는 약은 계산이다. 이러한 우리의 단견, 근시안적인 사고가 아이들마저도 그렇게 만들고 있다. 내일은 삼수갑산이라도 지금 당장 잘해야 한다. 뜻쯤은 몰라도 좋다. 달달 외워서라도 점수 한 점이라도 더 따야 한다.

그게 우리 교육의 현실이다. 부모가 그러니 학교도 거기 맞춰 당장 효과가 나는 교육을 시켜야 한다. 기본기부터 확실히 가르쳐 면 훗날을 대비하는 자세가 전혀 아니다. 음악 · 무용 · 그림 · 체육…… 어떤 시합, 어느 분야에서도 다 같다. 무슨 수를 써서라도 이겨야 한다. 정도(正道)가 아니라도 좋다.

무슨 대회에든 아이들이 참여하면 그만 혈안이 되어 극성을 떠는 게 한국 부모다. 특별교습, 심판 매수 등 수단을 안 가리는 게 요즈음 부모다. 그게 진정 아이 장래를 위한 길인가를 곰곰이 생각해 본 사람이라면 감히 그런 추태는 부리지 못할 것이다.

당장의 자기과시다. 지면 창피하니까. 행여 아이가 실망을 하랴 걱정이라지만 그런 상처쯤 치유할 수 있는 능력도 길러야 한다. 부모 제 기분 좋으라고 이런 극성을 부려야 한다면 이건 아이 교육이 아니라 애완용 동물 사육이다.

그 시시한 시합에 이겼다 치자. 그게 그리 좋은가? 그런 얄팍한 부모심리를 이용한 사이비 대회도 요즈음은 많이 생겼다. 전국 무슨 경연대회니 하고 거창하게 떠들지만 모두 장삿속이다. 특선이니 그랑프리니 해서 어느 게 일등인지 구별도 안 된다. 거기서 입상했다고 우쭐대다니 그저 어이가 없다. 당당히 이겼다면 좋다. 하지만 그게 아니라면 이건 승리가 아니라 패배다. 어쩌면 영원한 패배를 자초할는지 모른다. 그런 소인배 체질로써는 큰 그릇은 못된다.

까짓 학교 시합쯤 지면 어때? 기분이 좋을 리야 없다. 하지만 그의 숨은 가능성을 찾아 그걸 개발할 수 있는 꾸준한 노력을 기울여야 한다. 기본기를 익혀 교과서에 쓰인 대로 정도를 걸어야 한다. 미완의 대기는 눈앞의 작은 시합에 연연하지 않는다. 그런 자세를 가르쳐야 한다. 언젠가는 이긴다. 그 날까지 참고 기다릴 줄 아는 큰 그릇으로 키워야 한다.

어차피 우리들은 100세 시대를 살아갈 사람들이다. 아이들의 시대는 더 할 것이다. 아이들의 인생을 위해 부모는 삶이 길다는 걸 가르쳐야 한다. 단거리 경주가 아니라 마라톤 시합임을 가르쳐야 한다. 전반전에 전력질주 해봤자 소용이 없다. 후반전에 승리해야 진정한 승자다.

그렇게 꾸준히 먼 길을 가기 위해선 올바른 자세로 달리는 것이 가장 중요하다. 100년 후 우리 아이들의 미래를 밝히려면 무엇보다 도덕성을 건전하게 갖추어야 한다. 잔재주나 잔꾀에 현혹되지 말아야 한다. 누가 나를 앞질러 간다고 초조하게 생각하지 말아야 한다. 내 페이스대로 뛰어야 한다. 당장의 이익에 급급해 서둘 것이 아니라 멀리 100년 앞을 내다보고 뚜벅뚜벅 걸어가야 한다.

그리고 가노라면 나를 앞질러 신나게 갔던 그 아이가 길가에 주저앉은 모습을 발견할 수 있을 것이다. 그때까지 참고 기다릴 줄 알아야 한다. 훗날의 큰 승부를 위해 확실히, 정도에 따라 실력을 쌓아야 한다. 대의만성(大意晩成)의 뜻을 가르쳐야 한다.

당신 아이를 1회용 소모품으로 만들지 말라. 큰 재목이란 하루아침에 만들어지지 않는다.

창의적 인재의 시대

> 똑같은 사람끼리, 똑같은 걸 보고 듣고, 같은 이야기를 나누고, 같은 경험을 하노라면 생각의 틀도 같아질 수밖에 없다. 아이의 창의성을 위해 사는 방법도, 느낌도, 생각도 나와는 다른 다양한 세계를 보여줘야 한다.

　내 고장 풍물을 소개하는 TV를 보면서 난 정말이지 깜짝 놀랐다. 그리 크지도 않은 과수원이었다. 내가 놀란 건 시황이 어떠냐는 리포터의 질문에 과수원 주인이 인터넷을 여는 대목에서였다. 거기에선 일본 아오모리 사과 농장의 올해 작황을 분석하는 강우량, 일조량, 태풍 피해 등 온갖 자료들이 나왔다. 그리고 미국 캘리포니아 시장까지, 그야말로 세계 과일 시장이 한눈에 펼쳐졌다. 몇 해 전만 해도 이런 정보는 종합상사에서나 겨우 알 수 있는 기밀이었다.

　세계가 한 마을이라는 말이 절로 실감났다. 한국의 이름 없는 산골 과수원에 앉아 세계시장을 한눈에 볼 수 있게 되었으니 말이다. 그리고 이젠 세계시장 정보를 갖고 분석, 판단해야만 공들여 지은 농작물을 제 값 받고 팔 수 있는 세상이 된 것이다.

우리 작은집 형님 고민이 생각난다. 무냐, 배추냐, 어느 걸 심어야 제 값을 받을까? 해마다 해야 하는 가을 밭농사의 고민이다. 이건 숫제 도박이다. 작년엔 배추 값이 비쌌으니 올해도 배추로 할까? 아니야, 올해는 사람들이 배추로 몰릴지 모르니 무로? 아니 그 반대일 거야……. 이건 농사가 아니라 도박이다. 농협에서도 경작 정보를 내놓긴 하지만 마지막 결정은 농민 스스로 할 수밖에 없다. 그리고 그 결정을 잘못했다간 한 해 농사를 망친다.

이제 정보 수집은 간단하다. 지구촌 어느 산골 오지에서도 단추 하나 누르면 원하는 정보가 척척이다. 문제는 이를 분석하고 평가하는 능력이다. 즉, 생각할 줄 아는 사람이어야 한다. 생각 하나만으로 떼부자가 될 수 있는 세상이다.

세계 금융 시장의 중심인 뉴욕의 월 스트리트에는 머리 하나로 성공한 백만장자가 수두룩하다. 사무실은 책상 위에 PC 하나만 덩그라니 있을 뿐 비서도, 직원도 없다. 방바닥엔 주로 대학이나 연구소 잡지들만 여기 저기 널려 있다. 여기서 아이디어를 얻는 것이다. 엉뚱한 기사, 색다른 연구 주제가 보이면 그 연구소를 집중 연구한다. 그리곤 이름도 없는 그 연구소에 투자 전략을 세우곤 고객을 모은다. 이게 그가 하는 일의 전부다. 성장할 싹을 찾아내는 작업이다.

묘한 직업을 가진 사람과 만난 일이 있다. 모리슨이라고 적힌 그의 명함엔 세계 어디서나 걸 수 있는 전화번호, FAX, 인터넷 주소만 적혀 있다. 그가 하는 일은 백화점, 쇼핑센터 등을 돌아다니다가 몇 가지 물건을 세트로 묶어 판매하면 어떻겠냐고 제의를 하는 것이다. 백화점에서 이 아이디어를 받아들이면 판매액의 일정액을 로열티로 받는 묘한 직업이다.

구색 갖추길 좋아하는 세트 체질의 한국인 기호에 잘 맞을 거라면서 그는 잔뜩 기대에 부풀어 있었다. 그가 한국에서 몇 건을 성사시켰는지 알지 못하지만 참 묘한 장사란 생각을 했다. 우리 속담을 빌린다면 손 안대고 코 푸는 사람이다. 머리만 잘 돌아가면 그러고도 밥 먹을 수 있는 시대가 온 것이다.

새로운 발상을 위해서는 새로운 자극, 새로운 정보가 필요하다. 정보 수집이라면 대개 일차적으로 신문이나 TV에 의존하고 있다. 전 세계 기자들이 지구촌 구석구석의 생생한 뉴스를 전해준다. 40억 인구의 지혜를 안방에 앉아 다 볼 수 있으니 참으로 편리하다. 나 혼자 죽어라고 연구하고 있는 게 외국에선 이미 상품화되고 있다면 김빠지는 일이다. 따라서 신문, TV는 일단 두루 훑어볼 필요가 있다.

인터넷도 물론이다. 거기서 흥미 있는 분야가 있으면 이를 보다 깊게 조사하는 게 순서다. 그렇게 함으로써 안목을 '넓게, 그리고 깊게' 할 수 있는 것이다. 도서관, 서점도 그래서 좋다. 여긴 꼭 공부 잘하는 아이들만이 가는 곳이라고들 생각하지만 천만에다. 호기심을 자극하는 데는 여기보다 좋은 곳이 없다. 서점엔 매일매일 새로운 책들이 쏟아져 나온다. 표지를 훑어보는 것만으로도 세상이 어떻게 돌아가는지 알 수 있다.

난 토요일 오후면 으레 서점 순례를 다니는 버릇이 있다. 일주일에 한 번이지만 서점은 언제나 호기심을 자극한다. 무슨 책이 나왔을까? 가벼운 흥분이 인다. 대충 제목만 훑어보고 몇 권을 사 들고 나온다. 갑자기 부자가 된 기분이다. 물론 그 중엔 읽을 가치조차 없는 것들도 있다. 하지만 아깝진 않다. 세상에 책값만큼 싼 게 또 어디 있는가. 서점을 자신의 서재로 생각하는 아이라면 분명 앞서 가는 아이다.

그러나 이것만으로는 안 된다. 세상을 올바로 보려면 오감(五感), 아니 육감까지 동원해야 한다. 책이나 신문, TV는 기껏해야 보고 듣는 시청각만이다. 이것만으로는 좋은 착안이나 발상을 기대할 수 없다.

눈(目)은 누구에게나 있지만 안(眼)은 다르다. 착안(着眼)은 그냥 보는 눈만으로써는 안 된다. 들어보고, 만져보고, 맡아보고, 맛보고, 그리고 보는 것도 뒤로 보고, 위로 보고…… 두드려 보고, 분석해보고……. 이런 입체적이고 종합적으로 '보는 것', 여기서 좋은 착상, 새로운 발상을 할 수 있게 된다.

낯선 골목, 번화가도 둘러보게 하라. 때론 일류가 모이는 곳에도 데려가라. 호텔 로비도 좋고 일급 식당도 좋다. 운이 좋으면 저명인사도 만날 수 있을 것이다. 사인도 해달래라. 존경하는 사람이라면 사진도 함께 찍자고 해보라. 아이에겐 좋은 자극제가 될 것이다.

주말엔 시골 장터도 좋은 곳이다. 아직도 훈훈한 인정이 물씬거리는 시골 장터는 메마른 도시 아이에겐 그지없이 좋은 인간 교육장이 되어 줄 것이다. 방학엔 외국여행도 시켜라. 선진국엔 아이디어가 굴러다닌다. 그냥 보고 주워 오기만 하면 써먹을 수 있는 것들도 많다. 후진국도 마찬가지, 우리와 비교해보면 느껴지는 게 많다.

비로소 내가 살아온 곳이 이랬구나 하는 생각이 들 것이다. 그제야 뭔가 새롭게 보이는 것이 있을 것이다. 우물 안 개구리, 아니 숫제 장님이었구나 하는 사실도 깨닫게 될 것이다. 똑같은 사람끼리, 똑같은 걸 보고 듣고, 같은 이야기를 나누고, 같은 경험을 하노라면 생각의 틀도 항상 같아질 수밖에 없다. 사는 방법도, 느낌도, 생각도 나와는 다른 다양한 세계를 보여줘야 한다.

✚ Brain

아이디어는 구피질의 역할이 중요

창조는 번뜩이는 발상과 아이디어에서 시작된다. 이를 위해서는 이성적인 신피질의 지적 작업보다 감성적, 본능적인 구피질의 역할이 중요하다.

뇌는 상층부의 신피질과 하층부의 변연계와 뇌간을 합친 구피질로 나뉜다. 크게 신피질과 구피질로 나누면 신피질은 지적 중추로 의지, 의욕, 판단의 영역이고, 구피질은 생명 충추로서 감정, 본능의 영역이며 무의식적 기억과 지식의 저장 창고다. 이곳은 직접 겪은 경험뿐 아니라, 인류의 모든 지혜가 녹아있는 변연계의 무의식 세계다. 이러한 여러 가지 지식과 경험, 지혜가 융합될 때 새로운 아이디어가 떠오르는 것이다.

창의력은 신피질의 의식적 활동이 활발할 때보다 오히려 좀 풀어져 있을 때, 예를 들면 술 한 잔 걸치고 흥얼거릴 때, 잠이 올 듯 말 듯한 순간, 멍하니 공상할 때, 좀 멍청하게 있을 때 떠오른다. 천재들은 그래서 마음에 여백이 많다. '그건 안돼'라며 전두엽의 감시가 있을 때는 마음대로 아이디어가 떠오를 수 없다. 신피질의 감독 기능이 약해졌을 때 예기치 못한 기발한 생각이 떠오르는 법이다. 따라서 신피질뿐 아니라 구피질의 관리도 잘해야 창의력이 발달할 수 있다.

●　•　●

세계는 넓다

우리는 국제화 시대에 살고 있다. 우리 아이들의 시야를 넓혀 주자. 무엇을 하든 온 세계를 머릿속에 그리고 있어야 한다.

비엔나의 로스 여사 댁은 서구의 여느 집과 다를 데가 없는 평범한 가정집이었다. 이혼 후 두 딸과 함께 살고 있는 작은 집이었다. 한데 나를 놀라게 한 건 부엌에 붙어있는 커다란 세계지도였다. 한쪽 벽을 온통 차지하고 있는 큼직한 지도였다. 작은 꽃무늬가 한국 위에 꽂혀 있었다.

나의 방문에 대한 이야기가 오갔으리라. 잠시 있는 동안 아이들은 질문이 많았다. 몇 시간 걸리느냐? 어느 나라를 거쳐 왔느냐? 그리곤 남북 관계까지 물어 어리둥절하게 만들었다. 이제 겨우 중학교에 다니는 딸아이들이다. 세계지도를 짚어가며 마치 작전 사령관이나 된 것 같은 모습이 귀엽기도 하고 놀랍기도 했다.

'그래 저거구나!' 난 속으로 이렇게 중얼거렸다. 이 사람들은 어릴 적부터 세계를 향하고 있었다. 비록 땅덩이는 작은 나라들이지만 유럽 사람들의 눈은 저 멀리 세계 구석구석을 향하고 있다.

모든 길은 로마로 열려있다지만 거기만은 아니다. 유럽의 작은 나라들은 한때는 세계를 정복한 영광(?)의 역사를 갖고 있다. 스페인, 이탈리아, 프랑스, 독일, 영국……. 땅덩이로 친다면 우리보다 별로 클 것도 없다. 하지만 이들에겐 한때 세계 역사를 주름잡던 시대가 있었다.

그게 비록 침략 정복의 발굽이긴 하지만 이들에겐 대단한 자부와 긍지로 남아 있는 건 사실이다. 이들의 의식 속엔, 세계가 살아 움직이고 있다. 장사를 해도 온 세계가 상대다.

유럽인들은 3~4개 외국어쯤 기본이다. 서로간의 교류가 활발하다. 마찰도 잦고 시비도 많지만 그러면서 국제간의 협력도 잘한다. 여행을 해도 국내보다 국외가 더 많다. 자동차로 몇 시간만 달리면 국경을 넘게 된다.

국경이라는 개념도 우리와는 아주 다르다. 시외로 나가면 지나치게 되는 우리 검문소쯤으로 생각하면 된다. 수속이 복잡하지도 않다. 시장 보러 국경을 넘나드는 유럽인이다.

유럽연합이 하루아침에 된 게 아니다. 이들의 세계관, 국제관이 우리 상식과는 전혀 다르기에 가능한 것이다. 세계를 마치 자기 집 마당처럼 생각하고 있기 때문이다. 그곳의 박물관에 가보면 당장 느낄 수 있다. 온 세계 구석구석의 문물들이 전시되어 있다는 데 놀라지 않을 수 없다. 돈으로 산 것도 있고 약탈해온 것도 많을 것이다. 어쨌든 세계를 주름잡던 그네들 조상들의 숨결이 살아 숨 쉬고 있다.

거기에 반해 우리 박물관은 우리 것뿐이다. 남의 걸 탐하지 않았던 양같이 순한 백성의 착한 모습을 엿볼 수 있게 한다. 그러나 또 한편 생각하면 우리야말로 우물 안 개구리의 전형이 아닌가 싶다. 남의 것은커녕 우리 것마저 지킬 줄 몰랐던 참으로 나약한 백성이었다.

우리 아이들마저 우물 안 개구리로 만들어선 안 되겠다. '세계는 넓고 할 일은 많다.' 갇힌 마음, 닫힌 마음, 좁은 마음을 이제 저 넓은 세계를 향해 활짝 열어야 한다. 그러기 위해선 어릴 적부터 부모의 세심한 배려가 필요하다. 생활면에서 할 수 있는 일부터 찾아야 한다.

아이들을 산으로 보내는 것도 좋은 방법이다. 그리하여 자기가 사는 동네를 내려다보게 하라. 그것만으로도 시야가 넓어질 것이다. '시야가 넓어도 그릇이 작은 인간도 있다. 그러나 그릇이 큰 인간은 반드시 시야가 넓다.' 누가 한 말인지는 잘 기억이 나지 않지만 내 어렸을 적 경험은 이 말을 실감나게 해준다.

내가 왜 그날 오후 뒷산에 올라갔는지는 잘 기억이 나지 않는다. 하지만 산에서 우연히 내려다 본 우리 마을이 왜 그리 작고 초라했던지, 나 자신이 그렇게 부끄러울 수가 없었다. 인생무상이랄까? 여하튼 어린 가슴으로서는 표현하기 어려운 잔잔한 충격이었다. 갑자기 모든 게 시시해졌다.

산에서 내려오는 길로 보물처럼 간직했던 구슬이며 딱지를 몽땅 동생들에게 나누어 줘버렸다. 워낙 욕심스런 나였기에 동생들은 본심이 믿기지 않았던지 처음엔 어리둥절하더니 좋아라 하고 갖고 나갔다. 난 이상하게도 전혀 아깝지 않았다. 그저 모든 게 시큰둥하고 시시해보였다. 이런 기분은 상당기간 지속되었다.

내가 원래의 나 자신으로 돌아오기까진 아마 며칠은 걸렸으리라 생각된다. 그간 나는 내 작은 가슴으로 소화해내기 벅찬 고민 속에 빠져 허우적거렸다.

난 때때로 너무 탐욕스러워지는 나 자신이 미워질 때가 있다. 작은 일에 핏대를 올리고 아귀다툼을 해야 했던 자신이 부끄러울 때가 많다. 그럴 때마다 어릴 적의 그 뒷산에서의 체험을 상기하곤 한다. '겨우 그 까짓 걸 갖고' 좀더 넓게, 크게 보지 못한 내 자신을 후회하곤 한다.

이제 우리는 국제화 시대에 살고 있다. 지구촌 가족이라는 말도 있다. 무엇을 하든 온 세계를 머릿속에 그리고 있어야 한다. 바둑도 대세를 볼 줄 알아야 이긴다. 까짓 한두 점에 연연하다간 자칫 대세를 그르칠 수 있다. 국지전의 세기도 중요하지만 대세를 넓게 볼 줄 아는 큰 눈이 있어야 이긴다.

아이들 방에 세계지도를 걸어 놓으란 내 뜻이 이해가 되었을 것이다. 때로는 높은 산에 올라 우리가 사는 발 아래 세상을 내려다보게 하는 것도 도움이 될 것이다. 세계가 항상 머릿속에 살아 움직여야 한다. 외부에 대해 배타적이고 편협한 의식구조를 변혁시켜야 한다.

세계는 빠르게 변화해가는데 아직도 우리는 남북으로 갈려 이를 갈고 있다. 이 좁은 땅덩이에서 말이다. 그것도 모자라 호남이니 영남이니 하고 아웅다웅하고 앉았으니 속 좁은 우리 자신이 이젠 신물이 난다.

우리의 2세들이라도 좀더 큰 눈을 갖게 하자. 하나를 생각해도 세계를 상대로 하는 의식을 갖게 하자.

아프리카로 떠난 딸　• • • •

　외동딸을 둔 한 아버지가 있었습니다. 외동딸이라 혹시라도 의존적이고 약해질까봐 일부러 과보호하지 않으려고 노력했습니다. 한데 대학 1년을 마친 딸아이가 아프리카 잠비아로 가겠다고 나선 것입니다. 한 2～3년 계획으로 그림 공부를 하고 오겠다는 딸에게 배포 좋던 아버지도 잠시 말을 잃었습니다.

　"아프리카 풍경이라고 별다른 게 없더라. 거길 가면 정글 속에 야수가 우글거릴 것이라고 생각하지만 실은 그게 아니야."

　"아빠, 풍경을 그리는 게 아니고요, 그 곳 사람들을 그려보고 싶어요. 그 곳 사람들의 살아가는 모습을 그리는 거예요."

　아내는 이미 자리를 떠 버렸고 아버지 혼자 고민에 빠졌습니다.

　"아빠, 거긴 물가가 싸서 혼자 벌어서 먹고 살기도 어렵지 않대요."

　아버지는 그 날 밤잠을 설쳤습니다. 이튿날 점심 식사를 하면서도 영 밥이 넘어가지 않았습니다.

　전 딱 잘라서 말했습니다. 아무 소리 말고 보내야 한다고. 남의 집 귀한 딸의 일에 그런 결론을 쉽게 내린 데는 나름대로의 이유가 있어서였습니다.

　우선 풍경이 아니라 사람을 그린다는 게 매력적이었습니다. 이국적인 풍경이나 그려오겠다면 나 역시 실망했을지 모릅니다. 하지만 사람 사는 모습을 그려보겠다니 어쩐지 그 아이에겐 철학적 뉘앙스가 풍기는 것 같아서 좋았습니다.

그리고 그 아버지는 아프리카여서 걱정이랬지만 난 그래서 좋았습니다. 파리나 로마라면 나 역시 망설였을지 모릅니다. 하지만 힘든 곳에 매력을 갖고 있다는 게 어쩐지 그 아이의 삶에 대한 진지함이 느껴져 좋았습니다. 혼자 벌어서 하겠다는 자세 역시 놀랍습니다. 내 후배인 아버지는 마지못해 결심했습니다.

딸을 보낸 다음 해 여름, 부부는 잠비아 오지에 정착한 딸을 방문했습니다. 까맣게 그을린 얼굴에 수척한 모습이었지만 아이의 얼굴엔 환하고 밝은 웃음이 넘쳐흘렀습니다. 다행히 유럽 회사의 연구소 조수로 취직해 생활비는 저축할 정도로 넉넉했습니다. 하지만 부모 눈엔 거지 생활이나 진배없었습니다. 방안에 쌓인 스케치북을 자랑스레 내밀었으나 눈에 들어오지 않았습니다. 너무도 안쓰러워 차마 볼 수 없었습니다.

그래도 그는 내 말만 믿고 쓰러질 듯한 아내를 부축하여 돌아왔습니다. 내게 귀국 보고를 하면서 그는 연신 눈물을 닦느라 이야기를 이어가지 못했습니다.

저는 이 아버지의 이야기를 듣고 난 후 그에게 다른 아버지의 이야기를 들려주었습니다. 이 분은 대구 사회에서 존경받는 노교수였는데 딸이 서울로 유학을 갔습니다. 어느 날 서울에서 의과대학 다니는 딸아이를 찾아 자취방에 가보니 이게 웬일인가? 아이는 해골바가지를 가슴에 안은 채 곤히 잠들어 있었습니다. 보아 하니 저녁도 먹은 것 같지 않았습니다. 싸늘한 방에 누운 딸아이 얼굴은 창백했습니다.

아버지는 그만 왈칵 눈물이 쏟아졌습니다. 그리곤 딸아이를 깨워 불문곡직, 보따리를 싸서 대구로 데려와 버렸습니다. 난 그 이후 그 학생이 어떻게 되었는지 알지 못합니다.

"사실인즉, 나도 그랬습니다. 데리고 돌아올 생각을 안 한 건 아닙니다. 눈물이 나서 볼 수가 있어야죠. 참고 돌아오길 잘한 건지 아직 잘 모르겠습니다."

하긴 어느 아버지가 옳았는지는 누구도 잘 모릅니다. 어느 아이가 더 행복한 삶을 살아가게 될지도 아무도 모릅니다. 다만 자기 인생을 자기가 책임지고 자기 의지대로 살아야 한다는 명제를 확인해보자는 겁니다. 난 자기 삶을 사는 사람을 존경합니다. 아버지는 아이들이 그럴 수 있게 도와줘야 합니다. 자기 색깔로, 자기 뜻으로 제 몫의 인생을 가꾸어 가도록 조언해주는 멘토가 되어야 합니다.

후반전까지 멋지게 롱런하도록

엄마편에만 실었던 내용 중 아빠들에게도 꼭 당부하고 싶은 말이 있다. 바로 100세 시대를 살아갈 우리 아이들이 후반전까지 멋지게 살아갈 수 있도록 근기(根氣)를 키워주자는 것이다.

우리나라는 이미 고령화사회에 진입했다. 그런데도 100세 시대를 현실로 받아들이는 사람은 거의 없다. 현재 80세 안팎인 사람들은 장수 1세대로, 이들은 자신이 이렇게 오래 살 줄 몰랐던 첫 세대다. 하지만 우리 아이들은 100세 시대를 대비해야 한다. 아이의 전반전뿐 아니라 후반전도 잘 살아갈 수 있도록 어릴 때 근기를 길러줘야 한다. 후반전의 승자가 최후의 승자다.

그리고 앞으로의 1백 년 동안 이 세상이 어떻게 변할 것인지 생각해보자. 아이는 세상이 어떻게 변해도 잘 적응하여 보람 있는 생을 보낼 수 있어야 한다. 하지만 세상이 어떻게 변할지는 누구도 예측할 수 없다. 다만 분명한 것은 지금과는 다른 세상에서 다른 가치관으로 살게 될 것이란 것이다.

성공의 가치도 달라진다. 출세니, 입신양명이니 하는 것도 의미가 달라진다. 우리에게 경쟁은 생존의 수단이었다. 습관적으로 경쟁 강박증이 발동하고 일등에 집착했다. 이게 지금까지의 우리 모습이었다.

하지만 이제부턴 아니다. 돈과 명예보다 행복과 여유를 찾아 자기 소신대로 살아가는 젊은이들이 생기고 있다. 우리 아이들은 이제 삶의 질을 묻고 있다. 일등을 하기 위해 버둥거리기보다는 일등은 못해도 느긋하게 사람답게 살겠다는 것이다. 정말 복 받은 아이들이다. 우린 이런 세대의 탄생을 얼마나 오랫동안 기원해왔던가.

다만, 분명한 것은 어떤 시대, 어떤 상황이 와도 '도덕과 인격을 갖춘 사람'이 되어야 한다는 것이다. 이미 기업이나 대학에서 사람을 뽑는 기준이 달라지고 있다. 물론, 학교 공부도 잘해야 한다. 중요한 것은 그 위에 폭넓은 교양을 쌓아야 한다는 것이다. 공부에 쫓겨 중요한 학교 외 수업을 소홀히 하지는 말자는 이야기다.

가령 리더십이나 예절, 도덕성, 창의성 등 사회가 정녕 필요로 하는 이런 중요한 수업은 집에서 부모가 가르쳐야 할 덕목이다. 이젠 적이 아니고 친구와 손잡고 즐겁게 더불어 사는 세상을 만들도록 가르쳐야 한다. 지금 우리 아이들은 그런 방향으로 가고 있다. 우리가 방해만 안 한다면 말이다.

시대가 바뀌고 아이들 생각이 이러하다면 우리의 생각에도 근본적인 변화가 와야 한다. 새 시대에 맞는 사람으로 키워내기 위해서는 아빠들의 의식에 혁명이 필요하다.

• 참고문헌 •

: 이시형, 공부하는 독종이 살아남는다, 중앙북스, 2009

: 이시형, 아이의 자기조절력, 지식채널, 2013

: 이시형, 뇌력혁명, 북클라우드, 2013

: 이시형, 인생내공, 위즈덤하우스, 2014